KB046335

사랑하기 좋은 날...

_____ 님께

나에겐 아내가 있다

나에겐 아내가 있다

지은이 전윤호
펴낸이 최승구 | 펴낸곳 세종서적(주)

편집인 박숙정 | 편집국장 주지현
기획·편집 윤혜자 윤효진 조승주 | 디자인 조정윤
마케팅 김용환 김형진 신정희 | 경영지원 홍성우

출판등록 1992년 3월 4일 제4-172호
주소 서울시 광진구 천호대로 132길 15 3층
전화 영업 (02)778-4179, 편집 (02)775-7011 | 팩스 (02)776-4013
홈페이지 www.sejongbooks.co.kr
블로그 sejongbook.blog.me
페이스북 www.facebook.com/sejongbooks

초판 1쇄 인쇄 2015년 5월 15일
      1쇄 발행 2015년 5월 20일

ISBN 978-89-8407-488-0 03810

이 도서의 국립중앙도서관 출판시도서목록(CIP)은 서지정보유통지원시스템
홈페이지(http://seoji.nl.go.kr)와 국가자료공동목록시스템(http://www.nl.go.kr/kolisnet)에서
이용하실 수 있습니다. (CIP제어번호: CIP2015013155)

• 잘못 만들어진 책은 바꾸어드립니다.
• 값은 뒤표지에 있습니다.

나 에 겐 아 내 가 있 다

전윤호 지음

세종
서적

아내와 나는 아직 연애 중이다

아내와 나는 만난 지 삼십 년이 넘었고 함께 산 건 이십육 년째다. 남녀가 만난 지 백 일이면 행사를 하고 결혼한 지 오 년이나 십 년이면 뭐 또 기념식을 하는 모양인데, 나는 이런 것들을 모두 건너뛰었다. 대신 매년 그날이 되면 다음 십 년째에는 해외여행을 시켜주겠다는 등의 공약을 하곤 했는데, 물론 모두 공수표가 되었다.

솔직히 말해서 우리는 그동안 사는 데 허덕허덕했다. 취직하기 어려운 시기에 둘 다 사학과를 졸업했으니 결혼한 사람들이 선호하는 안정된 직업을 갖는 것이 어려웠다. 거기에다 나는 시를 쓴답시고 세상을 만만하게 보고 제 놈이 무슨 대단한 문사라고 돈과 명예를 관심 없어 했으니 경제적인 여유가 있을 리 없었다. 지금 생각해보면 대부분 빚이지만 그나마 아파트 한 채 있고 대학생과 고등학생인 애들이 무사히 크고 있는 것에 감사해야 할 판이다.

그런데 세상은 참 많은 사람들이 살고 있어서 그들이 의도한 바는 아니겠지만 다른 사람을 곤란하게 만들기도 한다. 한 농부가 평생 고생해준 아내를 위해 송덕비를 세웠다는 뉴스가 뜨질 않나, 아내를 위해 모든 걸 때려치우고 차를 개조해서 여행을 다니는 남편이 있질 않나. '흠, 이

양반들이 온 나라 유부남들을 다 잡는구나' 하는 괜한 피해의식마저 생겼다. 그래서 괜히 내 마음이 초조해지기 시작했다. 사실 나 역시 '아내를 위해 뭔가를 해야 하지 않을까'라는 생각을 오래전부터 해왔던 것인데 선수를 당한 느낌이었다. 아마 나 말고도 이런 생각을 하는 남편들이 많을 것이다. 그래서 더 늦기 전에 내가 할 수 있는 최고의 선물을 하기로 했다. 그것이 바로 아내를 위한 책을 쓰는 것이다.

내 첫 시집 제목이 《이제 아내는 날 사랑하지 않는다》이다. 그 시집 속의 시 제목에서 따온 것인데, 내가 찜찜해했지만 편집을 맡았던 친구가 굳이 그 제목으로 가자고 해서 하는 수 없이 동의했다. 그러나 책이 나오고 나니 남는 건 후회였다. 일단 시집을 받은 장모님의 눈매가 심상치 않았고, 사람들은 무슨 제목이 그러냐고 놀려댔다. 시적 현실과 현실을 혼동해선 안 된다고 아내에게 신신당부했지만 속이 편하지는 않았을 것이다. 그 뒤로 나는 스스로 아내에게 사랑받지 못하는 놈의 역할에 충실해 삼중바닥 냄비로 이마를 맞고 다닌다고 떠들고 다녀야 했다.

이제 그 모든 허물과 잘못과 실수를 한 권의 책으로 대신하려 한다. 독자들의 반응도 물론 궁금하지만 무엇보다 아내가 이 책을 결혼 이십

주년 기념으로 세계일주 크루즈 여행 선물을 받는 것보다 값진 것으로 여겨졌으면 좋겠다.

요즘 내가 좋아하는 구절이 '사랑은 이별함으로써 완성된다'는 말인데, 고로 아내와 나는 아직 진행 중이고 발전 중인 사랑을 하는 셈이다. 같이 누워 연속극을 보다가 하나는 등 돌리고 자고 하나는 불면의 밤을 지새우는 요즘도 우리는 틀림없는 연인이다. '모든 사람은 한때 연인이었지요'라는 후배 시인의 시구도 있거니와 자기 마누라 얘기를 쓰는 것을 무슨 치부를 드러내는 것처럼 꺼려하는 풍토에서 나는 과감하게 금기를 깨볼 생각이다. 이러한 나의 걸작에 관심이 있는 출판사들은 한시바삐 내게 전화를 해서 계약을 하자고 할 것이며, 나를 아는 기자 양반들은 미리 특집으로 기사를 준비해주시기 바란다.

다 그렇다 하긴 어렵겠지만 이 세상의 부부들은 서로 깊이 사랑한다. 다만 사랑한다는 표현보다 불만을 말하기가 쉬운 탓에 밖으로 나타나는 표현이 부정적으로 보일 뿐이다. 아내를 생각하는 책을 한 권 쓴 것이 내가 유별나게 아내를 사랑하는 남편이라는 걸 증명한다고 할 순 없다. 세상의 모든 남편들도 다 이 정도의 애정을 가지고 있을 것이다. 다만 그들은 표현하는 방법이 약한 것이고 내 경우는 글을 쓰는 일이 직업이기 때문에 이렇게 한 권의 책으로 나오게 되었을 뿐이다.

《나에겐 아내가 있다》에 담은 글들이 아내를 사랑하는 다른 남편들의 마음을 조금이라도 대신할 수 있다면 감사하겠다. 그리고 아내여, 이렇게 고심하는 남편이 얼마나 기특한가. 그러니 제발 이달 카드 빚 좀 갚아주길 앙망하는 바이다. 사실 나라고 술값을 그렇게 내고 싶었겠는가. 다 친구들을 잘못 사귀어서 이네들이 계산할 때면 사라져버리는 신통력을 발휘하니 공명정대한 이 남편으로서는 그저 울며 겨자 먹기로 피눈물을 흘리며 카드를 꺼내들었던 것이다. 앞으로 나올 나의 걸작을 봐서라도 정상 참작을 해주길 바라며 오늘은 때리지 말고 밥 좀 주라, 응?

2015년 아내처럼 따뜻한 봄날에,

전윤호

고백 하나 ... 떨림

가슴 떨리도록 당신 생각

고백 셋... 사랑

헤아릴 수 없는 사랑의 헤아림

고백 넷 ... 온기

서로의 곁을 내어줌

내가 겨울 까마귀라면 아내는 봄 나비다.

고백 하나... 떨림

가슴 떨리도록 당신 생각

연애소설은 말 그대로 부부 이전의 이야기다. 그 이후는 사
악하고 험난한 세상을 건너가는 흥미진진한 모험담이 될 것이
다. 진정한 연애소설은 결말을 짐작하지 못하는 것이다.

연애
소설

사내가 큰 거 한 건 노리고

헛손질하는 동안

그녀는 책을 읽네

가난한 소녀가 자라서

아름다운 처녀가 되고

꿈을 잃지 않고 열심히 살다가

백마 탄 왕자를 만나는

연애소설은 행복하지

정리해고도 없고

부도난 어음도 없는

반드시 예정된 행운이 숨어 있는 세상은

예정된 행복한 결말처럼

고훈적이야

지금 눈앞에 닥친 어려움은 단지

둘의 사랑을 단단하게 만들려는 복선일 뿐

사내는 소주를 마시고

그녀는 책을 읽네

도중에 멈춘다 해도

끝이 궁금하지 않다네

'고난을 이겨낸 왕자와 공주는 결혼해서 오래오래 행복하게 살았답니다. 끝!' 우리가 아는 이야기는 결혼하는 데에서 끝난다. 진짜 모험은 사실 결혼한 후부터 시작된다는 것을 숨기고 있는 것이다. 전혀 다른 배경 속에서 자란 남녀가 만나 부부가 되는 일만 하더라도 그렇다. 얼마나 많은 빅뱅과 개벽이 있어야 두 사람을 하나로 묶을 수 있단 말인가. 신혼 초 아내는 남성우월주의에 젖어 있는 내 성질을 맞추느라 인고의 나날을 보내야 했다. 그때 반발했으면 우리도 콩트 정도에나 나오는 연인으로 끝났을 것이다. 하지만 아내의 인내 덕에 우리는 시즌이 거듭되는 장기 시리즈의 주인공이 되었다. 연애소설은 말 그대로 부부 이전의 이야기다. 그 이후는 사악하고 험난한 세상을 건너가는 흥미진진한 모험담이 될 것이다. 이제 아내는 내 말을 다 믿지도 않고 순종하지도 않는다. 얼마나 다행인지 모른다, 내가 허술하다는 것을 아내가 알고 있다는 게. 진정한 연애소설은 결말을 짐작하지 못하는 것이다. 누구나 다 아는 뻔한 삶으로 살지 않는 것이다. 하루하루 눈을 떴을 때, 옆에 있는 사람을 보며 오늘은 얼마나 재미있는 일이 벌어질까 기대해야 하는 것이다.

진정한 연애소설은

　　　　결말을 짐작하지 못하는 것이다.

누구나 다 아는 뻔한 삶으로 살지 않는 것이다.

　하루하루 눈을 떴을 때, 옆에 있는 사람을 보며

오늘은 얼마나 재미있는 일이 벌어질까

　기대해야 하는 것이다.

생일
선물

어린 시절 거위에게 쫓겼다고

새가 무섭다 하고

친구 집에 놀러갔다 물린 적이 있어

개도 싫단다

동물의 왕국을 좋아하는 내게

다른 거 보자 하고

공포 영화는 어림도 없고

방문을 열어놓지 않으면 잠도 못 잔다

작은 소리만 나도

소스라치게 놀라 잠을 깨는 토끼띠

겁쟁이라 놀리지만 난 안다

호랑이처럼 사나운 이 세상과 맞서

절대 물러서지 않는 용감한 전사라는 걸

그래서 오늘 선물은

엽기 토끼 인형이라네

선물로는 초라하지만

험상궂은 돼지를 혼내는

뻔뻔하고 태연한 마시마로

그 무심한 눈매로

그저 잘 좀 봐주게

일 년이 편안하려면 두 가지 날을 잊으면 안 된다. 결혼기념일과 아내의 생일이다. 결혼기념일은 '내년엔 꼭 해외여행 시켜줄게' 같은 공약으로 넘어가기도 하지만 생일은 그럴 수 없다. 사실 우리 나이면 어느 정도 자리도 잡고 해서 진주 목걸이나 비취 반지 정도 사줘야겠지만 그럴 형편이 못 되는지라 액수는 적으면서 뭔가 의미 있는 선물을 찾게 된다. 이럴 땐 취향을 아는 게 중요하다. 엽기 토끼 마시마로는 살찐 고양이 가필드와 함께 아내가 좋아하는 캐릭터다. 아내의 생일은 늦가을인데, 찬바람이 솔솔 불기 시작하면 올 선물은 뭘로 하지 하는 고민이 함께 온다. 집 앞의 은행나무가 노란 은행잎을 뚝뚝 떨어뜨리는 건 다 이런 고민 때문이다. 내 생일은 여름이고 한창 바쁠 때인지라 곧잘 잊히고 아침 미역국도 생략될 때가 있다. 하지만 그게 다행스럽기도 하다. 내가 초라한 선물을 할 때 어느 정도 핑계가 될 수 있으니까.

가장 인상적인 내 생일 선물은 회사 갈 때 입으라며 사준 비싼 정장 한 벌이다. 그 전날 난 사장과 싸우고 사표를 쓴 뒤 차마 집에 말을 못하고 있었다.

봄

급한 이사를 하는 통에

열쇠를 잃어버리고

대문 밖에 세워둔 자전거

묶인 채 겨울을 났다

죄 없는 양심수처럼

오갈 때마다 눈에 밟히는

짐받이 자전거

비 맞고 눈 맞으며

녹이 슬었다

의사는 자꾸 새로운 검사를 받으라 하고

안장 위의 눈처럼 쌓이는 약봉지

안 탈 거면 치우지요

출근하는 아내는 밤마다 허리가 아프다 한다

연속극을 보다가 잠든

그녀의 꿈을 밟아가

열쇠를 찾는다

달리지 못하는 자전거

페달을 밟으며

별다른 이유 없이 내 곁을 떠나간

고양이가 보고 싶다

"안 탈 거면 치우지요"라고 아내가 말할 때, 나는 치밀어 오르는 슬픔을 느낀다. 이제 나도 버려지는 것들에 더 가까워졌기 때문이다. 점점 아내의 눈치도 보게 된다. 자꾸 허리가 아프다 하면 서투른 손이지만 안마도 해주고 낮에 봐두었던 우스갯소리도 해준다. 그러면서 슬며시 저 녹슨 자전거를 그냥 놔뒀으면 좋겠다 한다. "시간 나는 대로 고쳐서 아이들이 타면 좋잖아"라는 핑계를 대지만 사실은 그 자전거에 내 마음이 너무 실려 있기 때문이다. 녹을 닦고 기름을 치고 다시 씽씽 달려가고 싶기 때문이다.

나이 들면 시간이 빨리 간다더니 요즘은 겨울도 너무 쉽게 지나간다. 몇 번 춥지도 않고 몇 번 눈이 쌓인 것 같지도 않은데 벌써 봄이 오는 중이라고 호들갑들이다. 추위가 없는 겨울이 서운할 정도로 나는 지친 것이다. 점점 더 옛날 일들에 몰두한다. 왜 그때 그런 일이 내게 있었던 것일까? 왜 그때 그 사람은 날 떠나갔을까? 왜 나는 그때 잘못된 선택을 했을까? 그런데도 봄이 온다니 어처구니가 없다. 뭐든 결론을 내려고 빨리빨리 지나가는 삼류 영화 같다.

부츠 신은 신입생

대학 3학년이 된 봄, 그해 신입생 중에 한 사람이 입에 오르내렸다. 부츠를 신고 학교에 올라왔다는 것이다. 1985년이었고 학교에는 하루라도 최루탄 냄새가 나지 않으면 술맛이 제대로 나지 않을 때였다. 모교인 동국대학교는 문과대학이 유서가 깊고 전통이 있었다. 그중 사학과와 국문과가 오래되었는데, 자연 보수적인 기풍이 있었다.

한 학년 정원이 서른 명이었다가 전두환 정권이 들어서고 졸업정원제가 실시되면서 서른아홉 명으로 늘었는데, 십여 명이 여학생이었다. 역사에 조금이라도 관심 있어 하는 사람이라면 누구나 잘못된 정치제도 하에 있다는 것을 알 수 있었던 시대였다. 한국사 수업시간에 교수님이 고려 무신 정권에 대해 강의하다가도 복도의 눈치를 살피곤 했다. 당시 교내에는 사복 경찰들이 상주해 있었고 이들은 강의실 복도에 아예 의자를 놓고 앉아 강의를 감시하곤 했다. 시위를 해도 주도 세력은 문과였다. 여학생들도 튀는 색의 옷이나 치마에 블라우스 같은 여성스러운 옷은 잘 입지 않았다. 그런데 신입생이 긴 말 장화를 신고 남산을 올라온 것은 당시로선 파격이었다.

"나이도 많대", "키도 크고 잘빠졌던데", "복학생들하고만 어울리고 학교 앞 술집에 가야 볼 수 있대" 소문은 무성했지만 한 번도 보지 못했으니 궁금증이 더해갔다. 3학년 중에서도 제 나이보다 많은 재수생이나 복학생들이 함께 어울리는 모양인데, 나하고는 동선이 맞지 않았다. 그러다가 도서관에서 처음 만났다. 동기지만 재수를 하고 들어와 동급생들과는 잘 어울리지 않는 사람이 어떤 여자하고 지나가다가 아는 체를 했다. 그 여학생은 마르고 키가 크고 정말 말 장화를 신고 있었다. 사학과 여학생이 부츠라니, 난 못마땅했다. 나는 들어가던 참이었고 그들은 나가던 참이었다. 학교 앞 술집에서 노땅들끼리 한잔하기로 했단다. 그래서 내게 꾸벅 인사하는 그녀에게 처음 말을 이렇게 걸었다. "술 잘 마시나 보네?" 그때 들은 대답은 기억나지 않는다. 학생들이 많이 오가는 도서관 입구여서 한마디씩 던지고 제 갈 길로 갔으니까.

　자리에 앉아 책을 앞에 두고 있어도 자꾸 그 신입생이 생각났다. 얼굴은 희고 목이 긴 반면에 여자답지 않게 어깨가 딱 벌어져 있었다. 그리고 참 무섭게 마른 체구였다. 강원도에서 나고 자라 고등학교 졸업할 때까지 살았던 나로서는 처음 보는 유형의 여자였다.

　얼마 후 또 다른 소문이 돌았다. 4학년들이 이태원에 갔다가 그녀를 만났다는 것이다. 이태원은 학교와 가까워서, 놀기 좋아하는 학생들은 밤이 늦으면 그곳으로 가곤 했다. 작은 클럽들은 그다지 비싸지 않았고 밤새 영업을 했기 때문에 밤 열두 시 통금이 있던 시절부터 애용되던 장소였다. 우리 과 학생들이 주로 가는 곳은 '라이브러리'라는 곳이었는데, 자기들끼리 '우리 도서관 갈까?' 하고 키득거리면 바로 그곳으로 간다는 말이었다. 그런데 4학년들이 그곳에 갔다가 열심히 춤을 추는 여자들을 만났는데, 그중 하나가 부츠였다는 것이다. 사학과 역사상 처음이라는 타이틀과 함께 그 신입생은 유명세를 톡톡히 치러야 했다.

　시간이 지나면서 나와도 인사를 하고 말을 틀 정도는 되었지만 가깝다고 할 수는 없었다. 일단 들은 말이 많아서 내가 경계를 했다. 그런데 그해 가을이었다. 시월 초 황금연휴 때면 나는 정선으로 내려가곤 했다. '정선아리랑제'라는 지역 축제가 있어서였다. 그런데 그녀와 이야기를 하다가 지나가는 말로 연휴 때는 뭐 할 거냐고 물으니 여행을 가고 싶다고 했다. 그래서 난 정선에서 아리랑제를 하니 정선에 오면 가이드를 해주 겠다 말해놓았다. 그러고는 까맣게 잊어버렸는데 전화가 왔다. 내일 정선 역에 도착한다는 것이었다. 그리하여 그녀는 내 인생에 많은 최초의 기 록을 남겼다. 우리 집에서 일박을 한 최초의 여자, 정식으로 아버지께 인 사한 첫 번째 여자, 내 방에서 잔 첫 번째 여자. 오해는 하지 말자. 난 친 구 집에서 잤다. 당시는 몰랐는데, 그때 우리 가족들은 그녀가 나와 결 혼할 사이로 인사를 왔다고 여겼다. 그래서 아버지가 키가 커서 마음에 든다는 평을 했다고 한다. 덕분에 많이 혼날 줄 알았는데 약간의 주의만 듣고 넘어갔다.

아무튼 성심성의껏 안내를 했다. 그때는 제법 사람들이 많이 몰리는 기간인지라 외지에서 장사꾼들이 몰려 좌판을 벌이곤 했다. 그중에 인 형장수도 있었다. 시골답지 않게 커다란 하얀색 곰 인형이 있었다. 그녀 가 그곳에 눈을 주는 것을 확인하고 나는 주머니를 털었다. 마침 용돈 으로 받은 돈이 제법 있었다. 나는 그녀에게 그 곰 인형을 사서 안겨주 었다. 그녀의 반쯤 되는 크기였다. "잘 때 안고 자면 든든하겠네" 나처럼

생각하란 말을 하기엔 너무 순진한 시절이었다. 무엇보다 당시엔 전혀 그렇고 그런 사이가 아닌 그저 선배와 후배 사이였다. 그녀는 역까지 가는 내내 그 곰 인형을 안고 있었다. 아마 그동안 받은 선물 중에 가장 큰 인형이었을 것이다. 서울로 가는 기차가 떠나는 순간에도 인형을 안고 있었다. 그리고 그 인형을 받은 순간부터 그녀는 나라는 사막에 평생 갇힌 죄수가 되었다.

다음 해 아버지가 돌아가셨다. 나와 아버지는 오십 년 차이다. 아버지의 보호막이 없는 세상은 상상도 해본 적이 없었다. 장례를 치르고 절망하고 술 마시고 울던 겨울이었다. 그런데 그녀가 내려왔다. 모든 것을 잃은 줄 알았는데 새로운 사람이 있었다. 가장 외로울 때 옆에 있어주는 사람. 나는 그래서 부츠 신은 신입생과 꽁꽁 얽힌 운명에서 빠져나갈 수 없다는 것을 알았다. 그녀는 나의 곰 인형이었다.

개

난 개를 기르고 싶다
낮에도 어둠이 축축한 부엌에
제일 좋은 외투를 깔고
아가리가 길게 찢어진
사냥개를 기르고 싶다
당신과 함께 장을 보러 가
백화점 정문에 소변을 보고
저녁 일곱 시면 회사로 찾아와
사장실 책상을 물어뜯는 놈을
내 공기의 밥을 덜어
나보다 더 크게 기르고 싶다
벽을 보고 앉은 아내여
밖에서 우리 방문을 긁으며
낑낑거리는 소리가 들린다

돌이켜보면 아내여, 신혼 때 생활이 힘들었던 만큼 우린 사방에 적이 많았다. 월급으로 지탱하기 어려운 집세와 하루가 다르게 치솟는 물가가 우리의 적이었다. 퇴근시간이 지나도 퇴근할 줄 모르는 상사들은 또 얼마나 악랄했던가. 백화점에 가 물건 한번 못 사보고 먹고 싶은 거 마음껏 먹어보지도 못했는데 우리의 가계부는 늘 적자였다. 그 하잘 것 없는 숫자들 때문에 속이 상해 벽을 보고 앉는 그대를 보는 내 속도 붉은 줄이 가긴 마찬가지였다.

그때 내가 생각한 건 사나운 개였다. 입이 길게 찢어진 도베르만이었다. 나를 못살게 구는 적들에게 돌진해 물어뜯는 꿈을 나는 낮에도 꾸고 살았다. 세월이 지나니 이제 그 도베르만은 진돗개가 되고 또 지금은 치와와가 되었다. 그대의 웃음을 얻을 수만 있다면 난 툭 튀어나온 눈으로 재롱을 부려도 좋다.

이젠 웃으며 살자. 그럴 수 없을수록 더더욱 웃고 살자.

한밤 혼자 깨어 _도굴범

잠든 아내를 바라본다

가슴 위에 가지런한

가는 손목을 잡아본다

종일 몸살이 났다더니

먼저 누웠다

새벽 내 출근시간에 맞춰 놓은 사발시계가

그녀의 부장품이다

순장당한 그녀들이 꿈들이

여기저기 반짝이며 널려 있다

아직도 파 냄새가 난다

깊고 후텁지근한 내 고분

들개처럼 쪼그려 앉아

밤을 샌다

내가 대학교 3학년일 때 아내는 신입생이었다. 나보다 한 살 많았지만 가정 사정으로 검정고시를 통과하고 또 다른 대학을 다니다 온 관계로 내 후배가 되었다. 대학원에 진학해서 한일고대사를 전공하겠다는 야심만만한 처녀였지만 결국 내 손에 걸려 가난한 부부가 되고 말았다. 이 시는 신혼 때 썼다. 문득 한밤에 깨어, 나 때문에 꿈을 포기한 아내의 야윈 모습을 보다가 쓴 것이다.

　옛날에는 주인이 죽으면 부하나 하인들은 산 채로 순장되었다. 권력이 강한 자일수록 더 많은 사람들이 순장되었다. 그런데 나처럼 못난 자에게도 순장자가 있다. 그 사실이 가슴 아프다. 도대체 난 무슨 권리로 그녀의 삶을 희생시킨 것일까. 미안함이 나를 한 마리 들개로 만든다. 무덤을 떠나지 못하고 지키는 들개 한 마리.

미인_의 얼굴

아내는 입술 아래에 큰 점이 하나 있다. 볼록 튀어나온 데다 털까지 자라 있는 그 점은 그녀의 콤플렉스 중 하나다. 그러나 난 그렇게 보지 않는다. 그 점은 전체적으로 볼 때 얼굴의 균형을 잡아준다. 아내는 눈꼬리가 위로 올라가서 한 성질 할 것처럼 보이는데 순박한 점 때문에 많이 부드러워 보이는 것이다.

뭐, 관상학적으로 어떤지는 알지 못한다. 알고 싶지도 않다. 좋으면 기분 좋을 일이고 안 좋다고 뺄 수도 없는 일이다. 실제로 빼고 싶어 병원에 찾아간 일도 있는 모양이다. 병원에서는 점이 너무 깊숙이 뿌리를 내려서 큰 수술을 해야 한다고 했단다. 여자들이 예쁘게 보이려고 애교 점도 찍는 판에 뭐하러 그 점을 뺀단 말인가. 그래서 나는 반대다. 두 아들도 반대할 것이 분명하다. 아이들은 어릴 때 엄마 품에서 그 점을 만지며 놀았다. 그러니 아이들에게 그 점은 엄마의 한 부분이다. 그리고 내 경우는, 가끔 서로 어색할 때 그 점을 누른다. "말을 안 듣는 걸 보니 고장 났네. 전원을 끄고 다시 켜야지" 그러면 저도 모르게 웃고 만다.

사람들은 내게 부인이 미인이어서 좋겠다는 말도 하지만 나는 그 말에 약간의 외교적인 처세가 섞였다고 생각한다. 물론 아내는 못생기지 않았다. 키도 크고 비율도 좋다. 하지만 하얀 얼굴에 긴 목을 한 미인형이긴 해도 일단 어깨가 넓어 한힘 쓸 것 같은 장사형이다. 어려서 일을 많이 한 넓적한 손은 나보다 크다. 전체적으로 뼈대가 굵고 앞에 말했다시피 눈도 강렬한 편이다.

나이 드신 분들은 서구형 미인라는데, 사실 내가 아내만 사귀어본 것은 아니고 아내보다 예쁜 여자도 여럿 만났다. 하지만 아내와 결혼한 것은 아내의 굳은 의지를 좋아했기 때문이다. 아내는 형제 많은 집안의 막내로 자란 나와는 달리 가난한 농가의 장녀로 살았다. 어렸을 때는 주변에서 키가 제일 커서 운동선수 시키라는 권유도 받았다 한다. 사실 내가 아내에게 처음 매력을 느낀 건 고적 답사를 갔을 때였다. 다른 대학교 학생들과 운동 시합을 할 때 그녀가 대표로 나와 뛰는 걸 보고서였다.

아내의 남동생은 세 살 아래였는데 누나와 달리 키도 작고 말랐다. 어려서는 업고 다녔다는데 아들딸 차별의 설움도 제법 겪었다. 십 리도 넘는 학교를 걸어서 다녔는데 집이 어려워 아들만 도시락을 싸준 적이 있다 했다. 그리고 초등학교 졸업 후 진학도 하지 못했다. 결국 스스로 돈을 벌어서 나중에 중학교 과정과 고등학교 과정을 검정고시로 통과하고 대학에 왔다. 뒤늦게 공부를 하면서 잠도 제대로 자지 않고 밥도 제대로 먹지 않아 결핵에 걸려 오래 고생하기도 했다. 그래서 대학에서 만났을 땐 거의 뼈만 남은 해골 형상이었다. 난 마른 여자를 좋아하지 않는다. 그래서 필사적으로 먹였다. 지금 생각해보면 남녀 간의 정이란 것도 서로 밥을 같이 먹어 생기는 게 아닌가 싶다.

아무튼 요즘도 아내는 거울을 볼 때마다 점이 불만이다. 아마 점만 빼면 훨씬 예뻐 보일 거라고 생각하는 것 같다. 하지만 분명한 건 그깟 점 하나로 아내의 인상이 달라지지는 않는다는 것이다. 아내는 이미 충분히 내게 여러 가지의 아름다움을 보여주었다. 그러므로 설사 사람들이 추녀라 부른다 해도 내게 아내는 미인이다. 오해는 마시라. 우리 아내는 미인이다.

분명한 건 그깟 점 하나로

　아내의 인상이 달라지지는 않는다는 것이다.

아내는 이미 충분히 내게

　여러 가지의 아름다움을 보여주었다.

　설사 사람들이 추녀라 부른다 해도

　내게 아내는 미인이다.

아들의 나비

나는 여태 구두끈을 제대로 묶을 줄 모른다

나비처럼 고리가 있고

잡아당기면 스르르 풀어지는 매듭처럼

순순한 세상이 어디 있을까

내 매듭은

잡아당겨도 풀리지 않는다

끊어질지언정

풀리지 않는 옹이들이

걸음을 지탱해왔던 것이다

오늘은 현관을 나서는데

구두끈이 풀렸다며

아들이 무릎을 꿇고 묶어주었다

제 엄마에게 배운 아들의 매듭은

예쁘고 편했다

일찍 들어오세요

버스 정류장까지 나비가 따라왔다

    엄마 없이 자란 후유증은 참 별의별 곳에 다 숨어 있다. 내 경우는 유년 시절, 오른쪽 신발과 왼쪽 신발을 구별하는 게 늦었고 이빨을 닦는 순서나 세수를 하는 순서도 제대로 몰랐다. 그러니 신발 끈을 예쁘게 묶는 것은 불가능한 일이었다. 우리 집은 다들 바빠서 내 신발 끈을 눈여겨보는 사람이 없었다. 그러니 그저 투박한 매듭을 두 번 연속으로 지어 신발이 벗겨지지 않게 하고 다녔다. 후에 내게 예쁜 나비 매듭 만드는 법을 가르쳐준 사람이 아내였다. 하지만 너무 늦게 안 터라 급하면 결국 내 식으로 조여 매고 만다.

    현관에 놓여 있는 신발들을 보면 확연히 차이가 난다. 내가 겨울 까마귀라면 아내는 봄 나비다. 아내의 환하고 긍정적인 세상 덕에 아이들은 제대로 매듭을 지은 신발을 신고 다닌다. 어느 날 아들이 내 신발 끈을 고쳐 매주었을 때, 나는 내가 모르고 있었던 사실을 깨달았다. 내 어두운 세계가 지금까지 그럭저럭 다른 사람들에게 탄로 나지 않았던 것은 아내 덕이었다.

    아이들이 아비의 그늘을 닮지 않기를 바란다.

물귀신

내가 먼저 빠졌다

만만하게 봤는데

목숨보다 깊었다

어차피 수영금지구역이었다

어설프게 손 내밀다

그도 빠진 건

누구의 탓도 아니었다

서로 나가기 위해서

발목을 잡아당겼다

나는 안다

숨이 막히고

심장이 부서지는 고통을

우리는 익사할 것이다

바닥에 즐비한

다른 연인들처럼

하지만 누가 뭐라 해도

내가 먼저 빠졌다

가끔 이 문제로 티격태격한다. 이를테면 '네가 먼저 옆구리 쿡쿡 찔렀지 내가 먼저 찔렀냐' 하는 식이다. 하지만 그게 무슨 소용인가. 우리는 누가 먼저랄 것도 없이 물귀신처럼 상대의 발목을 잡아당기며 운명의 심연 속으로 빠져들어갔다.

　　사랑에 책임져야 할 부분이 있다면 당연히 내가 먼저 나서야 할 것이다. 왜냐하면 이 만남은 내게 훨씬 더 많은 이득을 주기 때문이다. 경제 논리로 풀어도 더 많은 이윤을 가지는 자가 더 적극적으로 나서기 마련이다. 솔직히 발목을 잡아당겨 구렁텅이로 내몬 죄는 내게 있다. 내가 다른 사람을 만났더라도 지금보다 잘됐을 보장은 없지만, 아내는 그렇지 않다. 우리의 빈한한 가세는 아내에겐 최악의 결과가 아닐 수 없다. 아마 혼자 살았으면 여유로웠을 테고, 다른 남자를 만났으면 적어도 나보다는 더 벌고 더 건강한 남자가 아니었을까.

사랑 시를 쓰는 시간

그래 아내여

사랑 시 한 편은 써야지

너무 달달해

눈꼬리가 가늘어지는

해 뜨면 사라지고

밤이면 어두워지는

그저 그런 평생

결국 벼랑을 마주하는 시간

봇짐처럼 병을 앓고

돌아보면 아무도 없는

너무 유치하고 뻔한 결말

여기까지 왔으면

손가락질 받아도

대책 없이 뜨거워

손가락을 다 데는

사랑 시 한 편은 써야지

평생 시 쓰는 걸 제일로 치고 살았지만, 그렇다고 내가 쓴 시들이 잘 쓴 시라고 자신은 못한다. 어쩌면 그저 시인인 척 재면서 요즘 말로 코스프레나 하며 산 건지도 모르겠다. 평생에 좋은 시 한 편 남기면 헛된 시간은 아니었으리라. 그 시가 멋진 연애 시라면 더 좋을 것이다. 하지만 그게 어디 쉬운 일인가. 다른 사람들의 심금을 울리는 연애 시를 쓰려면 경험도 많고 내 자신이 고결한 정신을 가지고 있어야 하는데 그쪽으로는 기대난망이다. 그나마 내가 살아온 시간의 반 이상을 아내와 함께했으니 더 이상 나아갈 길이 없는 절벽 앞에 섰을 때, 명작은 못 되더라도 사랑 시 한 편 제대로 쓰고 싶다. 그거라도 줘서 남편으로서의 낙제점을 만회하고 싶다.

마녀의 나라

아내는 무서워

가끔 내 안을

빤히 들여다보는 것 같아

말이 통하지 않는다고

틈만 나면 전화통을 붙잡고

모르는 사람과

모를 말들을 주고받지

숫제 애 취급이야

앞에선 살살 달래고

뒤에선 키득거리지

아내가 외출하는 밤이 두려워

지하실에 동족들끼리 모여

닭 피를 뿌리고

주문을 외울 거야

뉴스를 보면서

악당들이 세상을 망친다고

그저 소주나 마시고

소리 지르는 것밖에 모르는

남자들은 속고 있어

이 세상은

천년 묵은 여자들이 움직여

절대 아내에게 까불지 말자. 아내는 무슨 신기가 있는지 내가 말하지 않은 것들조차 짐작으로 안다. 기본적으로 영적인 촉이 있는 모양이다. 이런 아내의 능력은 주로 꿈 얘기를 통해 나타나는데, 그러고 보면 잠꼬대도 많이 하는 편이다. 마치 누군가와 대화를 하는 것처럼 또렷하게 발음하는 아내의 잠꼬대는 아랫사람에게 명령을 내리는 투로 이어진다.

아침이면 마치 그리스 신전의 여 사제처럼 아내가 꿈 이야기를 한다. 특히 부고에 강한데 누군가 꿈에 안 좋은 모습으로 나타난 뒤 부음을 들은 게 그동안 꽤 된다. 잘 다니던 직장에 사표를 던지고 아내에게 말하지 못하고 끙끙 앓고 있노라면 어느 날 아내가 조용히 말한다. "당신, 나한테 숨기는 거 있지?" 그래서 가끔 여자들은 외모와 남편만 바꾸며 영원히 사는 마녀가 아닐까 하는 생각을 한다.

세상의 유한한 인간 남편들이여, 그러니 아내에게 까불지 말자. 그래 봤자 부처님 손바닥 안이다.

쌀

한 달에 한 번

아내는 쌀을 사러 가자 한다

허리가 부실한 사람에게

무거운 짐을 들게 할 수가 없어

할 수 없이 따라 나선다

한 번에 한 가마니를 들여놓는 건

둘 데가 없어 안 된다지만

나는 아내가

한 달 치의 수업을 하려고

데려가는 것 같다

저마다 다른 상표를 달고

도열한 쌀 포대들을 보면

정신이 번쩍 난다

누구나 먹어야 하는 쌀도
포장이 좋아야 선택되는 것이다
가만히 있어도
네가 가장이 되는 게 아니야
아내가 가끔 굴욕적인 표정으로
밥을 짓는 이유를 알 것 같다
나는 쌀 포대를 번쩍 들어
손수레에 싣는다
삶의 무게가
그래도 이 정도면 적당하지 싶다

쌀은 우리의 양식이고 독약이다. 밥을 먹어야 살지만 밥을 먹으려고 하기 싫은 일도 해야 하기 때문이다. 우리보다 선배 시인들은 그나마 쌀을 배불리 먹지 못해서 지금도 하얀 쌀밥이 황홀하다고 말하기도 한다.

농부들의 수고에 비하면 쌀은 그리 비싸지 않은 편이다. 그나마 다른 나라의 쌀값보다 우리나라가 비싸다 하지만 가끔 밥을 먹을 때 목이 메는 걸 보면 쌀은 분명히 비싸지 않다.

아이 둘이 어릴 때, 우리 네 식구는 이십 킬로그램짜리 쌀 한 포대면 한 달을 해결했다. 그런데 그 무게가 우리가 사들이는 식료품 중에 제일 무겁다. 아내는 허리 디스크가 있어 무거운 걸 들면 안 되기 때문에 나는 갖은 핑계를 대며 장 보러 가는 걸 피해 다니지만 쌀을 살 때만큼은 어쩔 수 없다.

쌀은 그저 쌀이라고 팔리지 않는다. 마트에 가면 팔도 각 지역의 이름을 달고 저마다 눈에 띄려고 화려한 색과 현란한 문구로 포장을 마치고 손님을 기다린다. 이상하게도 쌀들이 진열된 곳에 가면 숙연해진다. 내가 저 쌀을 먹을 자격이 있을까.

하지만 아내는 그런 나를 아랑곳하지 않고 쌀 중에서 그래도 임금이 먹었다는 제일 비싼 쌀을 고른다. 그때마다 나는 밥값을 해야겠다는 중압감을 받곤 했다.

슬픈
중식

자다가 이불 속에서 가스를 분출했다는 이유로 목침으로 호되게 맞았다. 억울한 게, 자기는 열 방 뀌면 난 한 방 꼴인데 내 건 소리가 나고 마녀는 킬러답게 소음기를 달아서 소리가 안 날 뿐 냄새는 나보다 더하다. 그런데 천산 마녀궁의 절기 싸대기 삼 징과 복부강타권 구 초를 내가 별 타격 없이 받아내는 걸 보고 충격을 받은 모양이다. 사실 안 아픈 게 아니라 이 악물고 참은 거였는데, 내 맷집이 더 이상 방치하면 안 되겠다 싶었는지 밥 한 끼를 줄이겠단다.

부부지간에도 상도의가 있고 구타에도 규칙이 있는 법인데 몇 대 때리다 손바닥 아프다고 굶기는 법이 어디 있단 말인가. 아무리 정치인들이 자기들 내키는 대로 공약을 막 바꾸는 세상이라 해도 이건 정말 비인도적인 조치인 것이다.

하지만 당장 다이어트란 미명하에 밥그릇 줄이기는 시작되었다. 이후 나의 희망은 점심 때 모 출판사의 구내식당 밥밖에 없다. 반찬도 제법 골고루 구성되어 먹을 만하다. 그러나 나는 정직원이 아닌지라 사원들이 밥 먹으러오기 전 열한 시 반쯤에 살금살금 올라와 먼저 먹고 사라진다.

가끔 밥이 모자라는 현상이 생긴다고 불평이 있다던데 미안하다. 편집부 처자들이여. 나도 먹고 살아야지. 그리고 내가 먹으면 얼마나 먹겠는가. 오늘은 식당 구석에서 밥 훔쳐 먹다가 아내가 만들어준 색바지를 요일 바꿔가며 입고 다니는 신 모 실장과 조우했다. 나의 형편과 크게 다르지 않더라. 서로 맞은 상처를 어루만지며 대성통곡하다가 열심히 머리 맞대고 밥 먹었다. 참고 살다보면 좋은 날도 오겠지. 그때까지 우리 버티자. 살아남자.

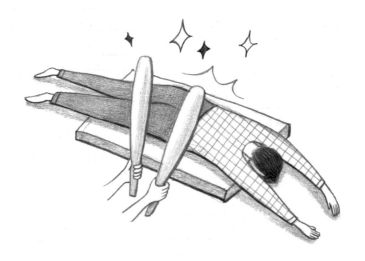

홍두깨
이야기

　홍두깨는 볼륨 있는 모양의 나무 방망이로, 밀가루 반죽을 밀어서 칼국수나 수제비를 만들 때 이용된다. 다만 우리 집에서는 다른 용도로 쓰인다. 마녀로 돌변한 아내의 손에 들어가면 천하제일검이 되는 것이다. 저 현란한 동작과 심한 타격에 넋을 놓치고 만다. 잘 가라, 삶이여! 다음 생엔 구타 없는 세상에 태어나자꾸나.

　그날도 그랬다. 전날 밤 함께 술을 마신 소설가 친구가 내 차 열쇠를 가지고 사라지는 바람에 본의 아니게 찜질방에서 외박을 했다. 그리고 귀가하자마자 매타작이 시작된 것이다. 막내에게 신신당부했다, 홍두깨 숨기고 절대 칼국수 먹고 싶다는 말하지 말라고. 그런데 홍두깨가 춤춘다. 밸런타인데이가 맞는 데이냐! 파스 뿌리고 붕대 감는데 막내가 와 그런다. "난 아빠가 외박하길래 아주 도망친 줄 알고 칼국수 먹자 한 건데" 괜찮다. 아들 역시 넌 옆집아저씨 닮았어. 애비가 욕을 당할 때 놀러간다고 나간 장남아, 너는 또 어느 옆집 아저씰 닮은 거란 말이냐.

　욱신거리고 외롭다.

당신에게 숨어서 당신을 파먹고
그 안에서 살아가는...

고백 둘… 눈물

키스보다 뜨겁게 포옹

빈방에 혼자 쪼그려 앉아 쓰러진 거울과 바닥을 뒹구는 수건들을 본다. 그녀의 고통. 그녀의 슬픔. 그러면서 그녀가 이 집에서 움직였을 모습들을 하나씩 상상해본다.

그 여자

뺨을 싱크대에 바짝 대고
한쪽 다리는 세운 채
주저앉은 여자 덜렁거리는 팔을
둘 데가 마땅치 않은 여자
심심찮게 그릇을 놓쳐 깨는
부주의한 손가락을 가진
세제 거품처럼 눈물 흘리는 여자
더 이상 새로운 요리를 만들지 않고
빗질을 하면 머리가 한 움큼씩 빠지는 여자
찬밥에 익숙한 위를 가진 여자 맨 마지막에
잠드는 여자 남편과 아이가 낡은
세탁기 속에서 툴툴거리는 여자
퓨즈가 나간 여자 냉장고와 함께 부엌에서
밤을 새는 여자 청구서에 절여진 여자
가스를 튼 채 꿈을 꾸는 여자
세 종류의 예리한 스테인리스 칼을 쓰는 여자
무슨 얘긴지 한 시간이나
계속 통화 중인 여자
가계부에 이름이 없는 편지를 쓰는 여자
퇴근시간까지 집에 없는 여자

결혼 초기에는 부부 싸움을 하고 아내가 아이를 들쳐 업고 집을 나가기도 했다. 그래봤자 보따리를 싼 거라곤 아이 기저귀 가방과 분유 정도니, 동네 어딘가에서 잠시 화를 가라앉히려는 건지 다 안다.

빈방에 혼자 쪼그려 앉아 쓰러진 거울과 바닥을 뒹구는 수건들을 본다. 그녀의 고통. 그녀의 슬픔. 그러면서 그녀가 이 집에서 움직였을 모습들을 하나씩 상상해본다. "우리 결혼하자. 내가 너 하나쯤 못 먹여 살리겠나" 이 말로 프러포즈를 대신했다. 무척 쉬워 보였는데, 지금은 그것 하나 지키는 게 정말이지 어렵다. 이 여자는 지금 벌 받고 있는 중이다. 능력 없는 사내의 이런 말도 안 되는 호언장담에 속아 결혼했으니. 여기까지 생각이 가면 이제 아내의 심정을 헤아리게 된다.

더 이상 버티지 못하고 벌떡 일어나서 신발을 신고 집 밖으로 나선다. 도대체 어디로 갔을까. 변변한 지갑도 챙겨가지 못한 것 같은데. 밤공기 막아줄 조촐한 외투라도 급하게 싼 보따리 속에 있기나 한 건지. 아기가 칭얼거리면 사람들 눈치가 보이니 카페 같은 곳도 가지 못할 텐데. 이 도시의 가난한 사람들이 모여 사는 동네에서 그나마 갈 곳이라곤 시끄러운 차들이 매연을 뿜고 달리는 도로변에 있는 의자 몇 개짜리 놀이터나 빈손이 어울리는 사람들이 장을 보는 간이 시장뿐이다.

조금 걷다 보면 보인다, 골목 저편에서 돌아오는 아내의 모습이.

아내

너는 나의 전선 열두 척

중과부적의 바다에

달아나지 않는

마지막 함대

죄 없이 매 맞고

누명으로 우는 밤

절대 가라앉지 않는

천년의 용골

새벽에 다시 일어나

여윈 북채 잡을 때

너는 흔들리는 돛대 위에 오르는

붉은 독전기

생각해보면 참 황당한 일이다. 맨 주먹으로 이 험한 세상에 맞서 살아간다는 거. 하지만 다른 방법이 없다. 아무리 승산이 없는 전투라 해도 맞서고 싸워야 하는 것이다. 우리 시대 최고의 영광은 싸워서 이기는 것이 아니라 패배에서 일어나는 것이라는 말도 있다.

다시는 돌이켜 생각하고 싶지도 않은 힘든 하루를 보내고 집에 돌아왔을 때, 집에는 아내가 있다. 멀쩡한 함대를 잃고 누명을 쓰고 고문을 당하다 돌아온 충무공 앞에 열세 척의 함선이 남아 있던 것처럼 내게는 아내가 있다. 그나마 내가 이순신 장군보다 나은 건 국가의 운명을 짊어지진 않았다는 것이다. 그저 우리 가족만 살아나가면 된다. 꼭 이기지 못해도 좋다. 그저 무너지지 않고 이 자리만 지켜내도 그만하면 잘 살고 있는 거라고 칭찬받는 것이다.

아침이면 수탉처럼 고개 들고 다시 출근한다.

지워지지 않는

하나뿐인 처남이

두 딸과 처를 남기고

폐암으로 죽었다

사십구재가 지났는데

자꾸 창문을 연다

집에서 담배 냄새가 난다는데

우리 집엔 흡연자가 없다

친구들과 술자리를 하고 귀가하면

현관에서 옷을 모두 벗고

머리를 감는다

아직 어린 아들들에게

크면 담배 피우지 않겠다는 다짐을 받는

아내에게

자신의 대에서 친정의 손이 끊긴

장녀에게

내가 해줄 수 있는 위로는

고작 이 정도다

오늘도 잠결에 손을 저으며

담배 냄새가 난다고 한다

슬픔은 문신처럼 기억에 새겨진다. 절대 지워지지 않는 눈물의 흉한 얼굴들. 내가 결혼한 이래 처할머니와 장인과 처남이 세상을 떠났다. 그나마 다행인 건 장모를 모시고 사는 것이다. 아내에게 내가 위로할 수 없는 슬픔이 있다는 게 슬프다.

나는 담배를 피우지 않는다. 아니 한 번도 담배를 배운 적이 없다. 우리 유전자는 기관지가 약하고 폐가 부실해서, 술을 자주 마시던 내가 아마 담배를 피웠다면 이미 오래전에 저세상 사람이었을 것이다. 그런데 처남은 술은 거의 마시지 않고 담배만 했다. 아내보다 세 살 어린 처남은 처가의 유일한 아들이었다. 처남은 젊은 나이에 세상을 떠났고 아내는 한동안 정신을 차리지 못할 정도로 슬퍼했다. 그러고는 헛것을 보듯이 느닷없이 담배 연기가 난다 했다. 집에서 담배를 피우는 사람은 처남밖에 없었다. 내가 해줄 수 있는 위로는 내 주변에서 담배 냄새를 없애는 것이다. 내 차에 타는 사람은 무조건 금연해야 하고 담배 피우는 사람과 있다가 귀가하는 날이면 아예 현관에서 옷을 벗는다.

내가 해줄 수 있는 게 이 정도밖에 안 된다니 참 한심스럽다.

내 사랑

당신을 처음 봤을 때

봉긋한 가슴을 눈여겨 봐두었지

날 사랑하는 만큼

당신을 파먹어야 하니까

난 당신에게

생살이 찢기는 아픔밖에 줄 게 없어

지금은 사방이 막힌 밤하기

당신의 늑골 속에 숨어 단잠을 자다가

심심하면 손톱으로 그림을 그리지

참나무 숲과 얼지 않는 강

멈출 줄 모르고 뛰어다니는 아이들

내 사랑

당신은 나의 무덤이야

사랑이 무엇인지 어찌 알겠는가. 다만 내 생각에 사랑은 지극히 이기적인 것이라 상대에게 희생을 강요한다. '저 사람이라면 결혼할 수 있을 것 같아'라는 말은 결국 저 사람이라면 날 받아주겠지 하는 속셈이 있는 게 아닐까.

이 시는 서울 지하철역 몇 군데에 게시되어 있는데, 읽은 사람들이 꼭 하는 질문이 있다. "마지막 줄은 무슨 뜻인가요?" 뜻은 무슨 뜻, 당신은 나의 삶과 죽음까지도 다 품어주는 사람이라는 거지. 베스트셀러를 다수 쓴 여류 소설가가 이 시를 읽고 내가 사랑에 대해 잘 정의했다고 말해주었다. 그러면서 연애에 선수 아니냐는 의혹을 제기했다. 하지만 난 정반대다. 연애에 관한 한 완전한 숙맥이다. 외모가 제법 괜찮은 시절에도 여자들에게 어떻게 말을 걸어야 할지, 간신히 시작한 대화는 어떻게 이어나가야 할지 몰라 쩔쩔매곤 했다. 여자에 대한 공포심이 뼛속까지 사무쳐 있다. 그건 내 생모가 어린 날 두고 떠나 수십 년이 흐른 지금까지 한 번도 만나지 못했기 때문이다. 애정이 없는 계모 밑에서 자란 아이가 여자 앞에서 당당할 리가 없었다. 언젠가 아내에게 물어본 적이 있다.

내 어디가 좋았냐고. 그런데 참 뜻밖의 답을 들었다. 오만스러울 정도로 세상에 자신감을 보이는 모습이 맘에 들었단다. 가엾은 아내여, 그건 내 연기에 속은 것이다. 나는 세상에 맞서는 게 너무 두렵다. 그런 모습을 들키지 않으려고 온힘을 다해 두려울 것 없는 척 연기했을 뿐이다.

나는 당신에게 숨어서 당신을 파먹고 그 안에서 살아가는 미약한 존재다. 그러니 어찌 당신이 나의 모든 것이 아니겠는가.

금강경 읽는 밤

.
.
.

내가 잠든 밤

골방에서 아내는 금강경을 쓴다

하루에 한 시간씩

말 안 하고 생각 안 하고

한 권을 온전히 다 베끼면

가족이 하는 일이 다 잘될 거라고

언제나 이유 없이 쫓기는 꿈을 꾸다가

놀라 깨면 머리맡 저쪽이 훤하다

컴퓨터를 켜놓고 잠든 아이와

창문을 두드리는 바람 속에서

경을 쓰는 손길에 눈발이 날리는 소리가 난다

잡념처럼 머나먼 자동차소리

책장을 넘길 때마다 풍경소리

나는 두렵다

아내는 나를 두고 세속을 벗어나려는가

아직 죄 없는 두 아이만 안고

범종에 새겨진 천녀처럼

비천한 나를 떠나려는가

나는 기울어진 탑처럼 금이 가다가

걱정마저 놓치고 까무룩 잠든다

큰아들이 중학생일 때, 나는 독립을 해서 출판사를 운영한답시고 준비도 안 된 창업을 했다가 운영난에 빠졌다. 봉급쟁이로서 받는 스트레스도 장난 아니었지만 적자투성이의 제 사업체를 끌고 나가면서 받아야 하는 압력은 몇 배 더 심했다.

그러던 어느 날 아이는 컴퓨터 앞에서 게임을 하고 나는 원고를 보다가 갑자기 생전 처음 느끼는 엄청난 통증을 느꼈다. 너무 아파서 신음 소리도 제대로 내지 못했다. 몸의 어느 부분이 아픈 건지 분간을 할 수도 없을 만큼 통증이 어마어마했다. 아이가 놀라 119에 신고해 구급차를 타고 병원으로 실려갔다. 기억나는 건 고통 때문에 계속 아프다고 소리를 질러대던 내 목소리뿐이었다. 강력한 진통제를 투여해도 스러지지 않는 고통은 몸 안의 대동맥이 출혈을 일으켰기 때문이었다. 대동맥박리증이라는 낯선 이름의 이 병은 원인도 알 수 없고 치료도 하기 힘든 병이어서 그저 인위적으로 혈압을 낮추고 몸을 차게 해 열이 나지 않게 하면서 스스로 몸이 출혈을 막을 때까지 기다려야 했다.

내 기억엔 중환자실에서 비몽사몽으로 며칠을 보냈던 것 같은데 깰 때마다 아내가 있었다. 면회금지라 오직 아내만 들어올 수 있었다. 눈뜬 사이 잠깐 비친 아내의 표정이 무척이나 침착해서 나는 안심하고 잠들곤 했다. 나중에 들은 얘기인데, 당시 치료될 가능성이 십 프로 정도밖에 안 된다고 의사가 말했다고 한다. 그리고 내가 중환자실에 머문 기간도 보름 가까이 됐다고 했다. 내가 기억하지 못하는 시간들도 아내는 고스란히 다 고통 속에서 지켰던 것이다.

간신히 회복이 돼서 집에 돌아와 맥없이 누워 있을 때 일을 마치고 돌아온 아내는 늦은 밤 금강경을 썼다. 내가 깰까봐 조용조용 글씨 쓰는 소리가 이상하게도 크게 귀에 울리곤 했다. 나는 아마 그때 '아내가 날 버리고 가면 어쩌지?' 하는 두려움에 떨었던 것 같다. 제 잠을 덜어 경을 쓰는 여자에게는 참 어울리지 않는 사내였다. 후에 선배 시인이 이 시에 대해 이야기하면서 범종에 새겨진 비천상의 여인 같다고 평했는데, 나는 아마 절 입구의 사천왕상이 밟고 있는 야차 같았다.

이정표

집주인이 세를 올렸다

아이들 재우고

밤새 고민하다가

출근하는 새벽

안개 자욱한 자유로에서 보았다

졸린 차끼리 추돌사고가 난

신도시 진입로 바로 다음 이정표

도원 5km

헛것을 본 걸까

고개 갸웃거리다 만나는

도원 10km

머리 위로 기러기 떼 날고

시간에 쫓겨 과속을 한다

눈부신 햇살 속에

아무 일도 없다는 듯 성산대교가 막히는

월요일 아침

당장 거처할 방 한 칸을 위하여 참 많은 걸 희생하면서 사는 게 이 시대 이 나라의 풍경이다. 아이들이 자라면 또 방이 더 많은 집으로 옮겨야 하지만 집에 관한 한 지구상의 지옥이 이 나라다. 관련된 일을 하면서 이 문제를 해결하지 못하는 자들은 모두 지옥에 가 마땅하다. 그들이 자신의 이익을 먼저 챙겼기 때문에 이런 문제가 없어지지 않는다고 난 믿는다.

정치인들 청문회에 단골로 올라오는 부동산 투기 내역들을 보면서 화를 내는 이유도, 없는 사람들에게는 생존의 조건인 집을 가지고 제 주머니를 채우는 자들이 얄밉기 때문이다. 청문회 대상이 되는 직책을 탐내는 자들마다 어쩌면 그렇게 한결같이 부동산 투기를 해왔는지. 하긴 그러고도 청문회를 통과하니 더 할 말도 없다.

서민들에게 집을 보장해주지도 못하면서 자녀를 낳으라고 권하는 나라에서 나는 도원을 꿈꾸었다. 모든 사람이 행복하게 살 수 있는 곳. 그런 곳이 이 땅 어디에 있겠는가. 그러니 점점 내가 도원으로부터 멀어지고 있다는 슬픔을 느낀다.

사랑이 식은 후

더 기다릴 수 없다는 듯 이른 눈이 내리고

너와 나 사이의 대추야자 나무가 마르기 시작했다

창문을 덜컹이며 모래바람 불고

집은 무덤 속 현실이 되고 있다

밤이면 새어나오는 내 속의 파도소리

흔들리는 흰 돛배

나직이 구령 맞춰 노 젓는 소리

이제 나는 미라가 될 것이다

말없는 사공들이 늘어서 기다리는 배 한 척 오고 있다

우리는 그동안 빈 사원만 지었구나

살아 있는 사람들은 진흙집에서 체온을 나누는데

우리는 싸늘한 설화석고 속에서 말라가는구나

왕가의 골짜기에 무덤이 하나 더 늘고

밤하늘엔 반짝이는 천년의 이별

할 수만 있다면

내세의 환생보다

어제로 돌아가고 싶구나

한 일주일 말을 안 하고 버티던 때가 있었다. 우스운 건 왜 그랬는지 이유는 잊어버렸다는 데 있다. 아무튼 침묵 속에서 이 시를 썼다.

출판사를 다닐 때, 프랑크푸르트 도서전에 출장 갔다가 남는 시간에 프랑스와 영국을 구경할 기회가 있었다. 런던에서는 대영박물관을 구경했다. 그때 본 이집트의 유물들이 인상적이었다. 현세를 떠나서 다른 세상으로 간다는 믿음이 확고한 사람들의 미라. 그들은 기르던 고양이마저 미라로 만들어 다음 세상으로 데려가려 했다. 다음 생이 있다고 믿는 사람들은 확실히 나 같은 염세주의자보다는 여유가 있을 것이다. 그러니 부부 싸움 한번 했다고 일주일씩 말을 않고 지내는 유치한 짓을 하지 않을 것이다.

그런 생각을 할 때가 있다. 우리 부부 사이에 사랑이 식으면 어찌 될 것인가? 그런데 참 이상하게도, 다음 생을 믿지도 않으면서 난 참 낙관적이 된다. 답은 '그럴 일이 없다'이기 때문이다. 만약 배신을 한다면 그 주인공은 나일 것이다. 아내는 두 아이에게 상처를 주지 않기 위해서라도 내게 먼저 이별을 이야기하진 않을 것이다. 왜냐하면 자신이 그런 상처 속에서 자랐기 때문이다. 사실대로 말하자면 나 역시 그렇다. 우리는 후회는 할지언정 끝을 보진 않을 것이다. 천년의 이별은 이쪽 생이 다하지 않는 한 일어나지 않을 것이다.

사기

내가 일하는 동안

밤늦도록 귀가하지 못하는 동안

아내는 늙어가고

아이들은 자란다

수입과 지출이 맞지 않은

장부를 들여다보는 동안

이웃집이 헐리고

단골 술집은 문을 닫고

늦장마가 지고

강변의 마을이 잠긴다

내가 소득도 없이 일하는 동안

노조가 파업을 하고

신문은 짖어대고

통장엔 잔고가 사라진다

이승엽이 홈런을 치고

응원단이 노래를 부르고

화성이 육만 년 만에

지구에 가까이 왔다고 하는 동안

밤늦도록 귀가하지 못하고

나는 일한다 내가 아는 건

더 이상 놀면 안 된다는 것

'사기'는 사마천이 지은 역사서의 이름이기도 하고 이 세상이 나를 속이는 술수이기도 하다. 내가 아등바등 발버둥치는 동안 시간은 무심히 흘러가고 아내는 늙어간다. 분명 좀 더 의미 있는 일을 할 기회가 있었을 텐데 싶지만 하고픈 일이 무엇이든 그 일이 경제성이 없으면 노는 것으로 간주된다. 어쩌면 그게 이 세상이 내게 거는 사기의 본질인지도 모르겠다. "너 정말 평생 시를 쓰려고 작정했으면 결혼은 하지 마라" 시 쓰는 후배에게 하는 충고다. 시를 쓰는 사람은 우주를 자신의 눈으로 돌린다. 즉 자신을 중심으로 세상이 존재한다. 그러니 책임져야 할 가족도 자식도 눈에 들어오지 않는다. 가정을 뿌리치고 예술을 이룬 사람은 존경받지만 가족을 지키느라 예술적 성취가 작은 사람은 인정받지 못한다.

하지만 어쩌랴. 우리는 대부분 인생에 대해 뭘 알기도 전에 사랑에 빠지고 결혼을 한다. 어쩌면 그렇기 때문에 시인이 되는지도 모르겠다. 결국 중요한 건 후회하지 않는 것이다. 해봤자 서 푼어치의 값어치도 안되는 후회는 그만 접고 일하고 써야 한다. 세상이 내게 사기를 치더라도 나는 속지 않는다 생각한다.

낮달

아내는 출근하고

아이들은 학교에 갔다

집이 조용해지자

거세한 고양이는 창틀 위로 올라가

잡히지 않는 새 소리를 듣는다

초록색 눈을 가진 고독이

내려 보는 한낮

결말을 아는 이야기 속에서

마지막까지 견디는 일이

이렇게 지루하다니

성공한 부자가

자신을 영웅이라 생각하는 자서전을 읽다가

몸으로 물음표를 만들고

긴 잠에 빠지다

내가 거세당한 수고양이처럼 느껴지던 때가 있었다. 병으로 운영하던 출판사를 접고 빚더미에 앉아 은행에는 신용불량자가 되었다. 자연 방 안에만 있게 되었다. 아내는 출근하고 두 아이가 학교에 가면 오후까지 는 혼자 있는 시간이었다.

세상인심이라는 것이 사업이 망했다거나 아프다고 소문이 나면 원고 청탁도 끊어진다. 종일 케이블 방송을 보다가 그마저 지루해지면 두꺼운 책을 읽었다. 재미있는 책이 아니라 평소에는 읽지 않는 경제서나 처세에 관한 책들을 읽었다. 독서인지 벌인지 모를 짓이었다.

다들 외출한 집에 혼자 누워 있던 시절, '내가 가족에게 짐이구나' 하 는 자조감이 나를 갉아먹어 종래에는 외출을 두려워할 정도로 정신이 피폐해지고 말았다. 모든 책과 드라마가 다 나를 비웃는 것 같았다. 아 내가 일하러 나간 사이에 남편이라는 작자가 할 수 있는 최악의 모습이 었다.

그때 내 곁에는 두 마리의 고양이가 있었다. 부부가 한창 바쁠 때, 작 은 아이가 혼자 집에 있으면 무서워할 것 같아 친구로 들인 놈들이었다.

품종이 러시안 블루였는데 초록색 눈을 한참 보면 최면에 걸릴 것 같았다. 그런 고양이는 햇볕이 드는 창틀에 올라앉아 바닥을 뒹굴고 있는 나를 바라보았다. 고양이는 내 고독을 바닥까지 들여다보는 듯했다. 자칫 거칠어질 수 있던 내 성정을 고양이들이 달래주었다. 고양이는 그저 종일 옆에서 자고만 있어도 보는 사람을 진정시키는 마력이 있다.

성공의 비결에 대해 말하는 책들을 보면 드는 의문이 있다. 정말 그런 비결이 있는 것일까? 이미 성공한 사람의 앞을 되짚어서 비결을 찾아내는 것은 실패한 사람의 비결과 뭐가 다를까? 그러면서 이제 더 이상 변화할 건더기가 없는 내 인생에 뻔한 결말만 남았는데, 그때까지 기다리는 일도 참 권태롭다는 생각을 했다. 물론 나 혼자만의 생각이었다.

아라리 한 소절 _뗏목꾼

아름드리 소나무와 참나무로 엮은 뗏목

나는 우쭐거리며 강을 내려갔지

기둥이 없어 집을 못 짓는 사람들에게

비싸게 팔아 한밑천 장만할 생각이었지

황새여울과 된꼬까리를 지나

사람들이 고여 사는 하류로 하류로

까마귀도 없고 어름치도 없는 물길은

한 발만 삐끗하면 뱅뱅 돌고

너무 많은 사람을 만나고

너무 많은 말을 했지

뗏목은 한두 개씩 바닥이 빠지고

어느 취한 밤

아주 사라져버렸지

나는 기둥이 없어 집을 짓지 못하고

시장 밑바닥에 가라앉아버렸네

언제 나귀 등에 소금 싣고 돌아갈 수 있을까

오늘도 사람들은 뗏목을 타고 내려오고

이 나루 저 나루로

사라지네 다시 보지 못하네

강원도 정선은 건축 자재로 쓰는 큰 나무가 많았다. 그 나무를 베어 뗏목을 만들어서 한강을 내려가면 송파나루까지 닿는데, 촌사람으로서는 생각지도 못하는 거금을 만질 수 있었다. 하지만 어렵게 물살을 이겨 뗏목을 타고 내려가 번 돈을 그냥 집으로 가져오지는 못했다. 어리숙한 강원도 촌놈의 주머니를 노리는 도회지의 손들이 많았기 때문이다. 그래서 대부분의 사내들은 주막의 주모 품에서 헤어나지 못하고 빈털터리가 될 때까지 놀거나 투전판에서 봉 노릇을 하곤 했다.

집에서는 나무 팔러 간 서방이 돌아오기를 눈 빠지게 기다리는 아낙들이 아이를 업고 동구 밖을 서성거렸다. 하지만 사내는 빈털터리로 거지꼴이 되어 돌아왔다. 아내들은 그런 서방을 다시 거둬 사람 모양으로 돌려놓으면 다음해 또 사내는 뗏목을 타고 내려가고 별반 다르지 않은 결과를 되풀이하면서 살아가는 것이다. 정선아리랑의 대부분은 여자들의 한으로 만들어졌다.

흡혈귀

이젠 깨어 있는 밤이 지겨워

그냥 관 속에 있고 싶어

부모의 피를 빨며 태어나서

친구들에게 상처를 주면서 자라온 나

목이 긴 여자 만나 눈이 큰 아이 낳고

그들에게도 송곳니를 박았지

어차피 난 사람도 아니야

일도 안 하고

생활비도 모른 체했지

내 관심은 오직

내 한 몸 배불릴 영생을 얻는 것

햇볕이 안 드는 골방 하나와

희생자들만 있으면 됐으니까

하지만 지쳤어

관 뚜껑을 열고 싶지도 않고

박쥐가 되고 싶지도 않아

사방에 흡혈귀들은

왜 이리도 많은지

잘 있어 난 갈래

먼지투성이 잠 속으로

햇볕이 따갑지 않은 천년이 오거든

다시 만나지 뭐

제 구실을 못 하는 가장은 흡혈귀나 마찬가지다. 낮에 자고 밤에 일어나 꼼지락거리다가 식구들이 깨는 아침이면 잠이 든다. 마치 영원한 삶을 사는 것처럼 하루가 길기도 하다.

똑같은 희망 없는 날들이 반복되고 있다. 지루한 삶이 끝나지 않고 꾸역꾸역 계속된다면 과연 축복일까. 일하지 않아도 되는 날들이 오래간다면 속 편한 백수일까. 호기롭게 직장을 때려치우고 앞으로는 후세에 남길 위대한 시나 쓰면서 살겠다고 큰소리쳐보지만, 결국 얼마 버티지 못하고 다시 굴욕적인 조건이라도 좋으니 취업하게 해달라고 여기저기 부탁하는 것이다.

때문에

하기 싫은 말을 쓰다보면

욕처럼 나오는 단어

변명으로 가득한 내가 부끄러워

마지못해 움직이는 손가락이

은근슬쩍 잘못 누르는 오타

계속 고치다 짜증나

피하려고 애쓰는 말

때문에

아내여 미안하네

고치다가 고치다가 결국 자백하는

반성문

부부지간에는 이상하게 싸우면 미안하다는 말이 어렵다. 그건 싸움의 원인에 수많은 사연들이 들어 있기 때문이다. 그러므로 싸움의 원인을 설명할 때 변명처럼 '때문에'가 들어간다. 그런데 이상하게도 '때문에'를 칠 때 한 번에 치지 못한다. 나도 모르게 '때문에'로 손가락이 가기 때문이다. 이 알량한 사내의 자존심 때문에 아내는 아마 많이 가슴 아팠을 것이다. 머리가 아무리 핑계를 대도 손가락이 이를 거부하다니. 술 마시고 들어와 죄 없는 아내에게 싫은 소리를 한 다음 날 아침, 난 또 오타가 들어간 반성문을 생각하다가 슬며시 아내의 손을 잡는다.

미안하네, 아내여. 잘 못 했 어.

슬픈 냉장고를 위해 눈물로 쓰다

요즘 아내가 심심찮게 냉장고 얘기를 한다. 문이 잘 안 닫힌다느니, 냉동 상태가 안 좋다느니. 듣는 입장은 죽을 맛이다. 냉장고 바꿔달라는 말인데 내가 무슨 힘이 있겠나. 하지만 반응 없는 내 눈을 바라보는 아내의 손이 움찔움찔한다. 정말 하는 수 없이 "그까짓 거 하나 사자!" 했다. 그러고는 곧장 달려 컴퓨터 앞에 앉아 인터넷 검색을 시작했다. 앗, 그런데 냉장고 값이 백만 원이 훌쩍 넘어간다. 그래서 밥 먹을 때 아내가 또 냉장고 타령을 하길래 슬쩍 김빠지는 한마디를 던졌다. "그래, 사자니까. 고장 나거든"

우리 집 숟가락이 약간 무겁다. 그걸로 인중을 맞으면 사망에 준한다. 그리고 우리 집 찌개 받침은 두꺼운 유리다. 영화 〈넘버3〉에서 무기로 쓰던 재떨이 못지않다. 휙! 식탁에서 맞았다. 밥 먹을 땐 개도 안 건드린다며 항의했지만 역시 맞는 말만 하는 아내는 한마디 말로 입을 막았다. "당신은 개가 아니잖아!"

우리 집 냉장고는 중학생인 우리 아들보다 나이가 많다. 요즘 내는 소리가 늙은 환자의 숨소리 같다. 저 친구 생명이 다하면 나도 순장될 것이다. 그래서 난 오늘도 냉장고 옆에 쭈그리고 앉아 밤을 샌다.

냉장고가 늙은 개처럼 헐떡이는 밤
난 긴 이별을 생각하며 함께 밤을 샌다.

투명
인간

●

●

●

아침에 깼는데
아내가 보이지 않았다
해묵은 가방만 누워 있었다
신문을 읽다가
아들 방에 갔더니
흐트러진 깃털 몇 개만 남아 있었다
나만 남겨두고
모두 어디로 갔을까
식탁에서 말소리가 들린다
아빠는?
글쎄 나갔나보네
어서 밥이나 먹어라

가족들이 밥을 먹는 모습을 보면서 내가 나그네처럼 느껴질 때가 있다. 저 사이에 내 자리는 없을 것 같은 생각이 들기도 한다. 아내는 이런 내 마음을 알까. 아내여, 아이들은 다 자라면 품을 떠난다. 이제 놈들은 다른 사람을 사랑할 것이다. 그러면 우리 둘이 남아 종일 서로를 바라보며 살아야 할 것이다.

원했든 원치 않았든 투명인간은 비극으로 끝났다. 서로 보지 못하는데 어떻게 행복하겠는가. 그런데 부부가 오래 살다보면 서로의 존재를 잊어버릴 때도 있다. 존재하는 것이 하도 당연해서 공기처럼 구태여 찾지 않아도 있다고 생각한다. 그런데 그게 지나치면 서운해진다. 그런 생각이 아닐 거라고 짐작하면서도 내게 너무 소홀한 것이 아닌가, 내가 무시당하는 게 아닌가 하는 생각을 하게 된다.

살면서 어지간한 의견 충돌은 원만하게 한쪽이 양보해서 해결되지만 그렇지 않은 게 하나 있는데 그건 아이들의 교육에 관한 부분이다. 대가족 안에서 아이들이 득시글득시글했던 나의 집은 비교적 자유방임으로 아이들을 키웠다. 그저 하루 세끼 밥 먹는 시간에 아이가 식탁에 앉으면

별 문제 없는 것으로 여겼다. 하지만 가족이 적은 처가에서 자란 아내는 그렇지 않았다. 아이가 밥을 먹지 않으면 밥그릇을 들고 다니며 먹였다. 배고프면 스스로 먹게 돼 있으니 가만두라 말했다가 아이보다 내가 더 혼이 났다.

아이가 자라자 이제 교육문제는 아내의 전담이 되었다. 내가 무심한 게 아니라 내 의견은 씨도 먹히지 않았다. 우리 부부가 파탄나려면 방법은 하나다. 교육문제에 관해 내 의견을 굽히지 않으면 된다. 학원도 모두 끊고 성적이야 어떻든 밖에 나가 놀라고 하면 된다. 그러면 난 진짜 투명인간이 될 것이다. 바둑에서 진정한 고수는 버릴 돌은 버린다. 교육은 아내의 대마여서 얼씬거리다가는 사석이 되는 수가 있다.

사랑에
빠진 악마

그러니 나와 거래하려면 먼저

남을 참지 못하는 이기심과

제때 면도조차 못하는 게으름을 견뎌야 해

잘난 거 하나 없는 주제에

가까이하면 찔리는 뾰족한 자존심과

너를 업신여기는 뻔뻔함까지

걸핏하면 제 감정에 취하고

사소한 우스갯소리에도 비위 상하며

제 앞가림도 못하면서

남들은 다 견디는 이 세상을

뒤집어엎을 궁리나 하는

언제나 그늘과 소수에 속하는 작자

어쩌다 시 한 줄 얻으면 기고만장하다가도

금세 지워버리고

엄마라도 잃어버린 양 풀 죽는

열두 살에서 멈춘 아이

내가 거울로 봐도 이렇게 역겨운데

내 곁에 남다니

누가 봐도 손해 보는 장사

하지만 그래도 좋다니

정말 바보 같군

이래서 나 같은 놈도 살아가는가봐

이 시에 무슨 말을 더 붙일 수 있을까.

요즘 유행하는 표현을 빌리자면

아마 나는 전생에 나라를 구한 공이 있고

아내는 내게 엄청 나쁜 짓을 많이 한 벌을 받고 있는 중일 것이다.

아들을
때렸다
·
·
·

아들을 때렸다

거짓말을 했다고

먼지떨이를 거꾸로 쥐고

눈을 보면 약해질까봐

엎드려뻗치게 하고

빈약한 엉덩이를 마구 때렸다

두들겨 맞아도

울지 않는 열세 살이

밥풀을 흘리고

국 한 그릇도 제대로 못 비우는 어린것이

거짓말로 살아온 나를 비웃는 것 같아

나를 때렸던 사람들처럼

모질게 때렸다

이 세상에

내게 맞을 사람은 없다는 걸 아는

아내의 질린 얼굴이 무서웠다

아들이 내게 한 거짓말은 내가 아내에게 한 거짓말에 비하면 새 발의 피에 불과하다. 그러니 내가 아이를 벌줬듯이 아내가 나를 벌준다면 그에 맞는 벌은 아마 사형 정도쯤일 것이다. 이런 지경이니 자신의 분신인 아이를 해코지하는 남편을 보는 아내의 눈이 무섭지 않겠는가. 우리는 저지른 죄보다 심한 체벌에 익숙하다. 또 그래서 진실을 고백하는 데 인색하다. 하지만 아내여, 아이를 벌주는 아비의 심정도 결코 편하지 않다는 걸 알아주기 바란다.

가끔은 아내가 아이가 자기 말은 듣지 않는다며 내게 혼을 내달라고 부탁하기도 한다. 그런데 내가 하는 체벌은 아내의 예상을 뛰어넘는다. 그래서 아내는 나의 체벌을 원하지 않는다. 사실 나도 아이들이 나를 무서워해 내가 행동으로 나서기 전에 그저 눈만 부라려도 잘못했다고 꼬리 내리길 바란다.

나도 안다, 내가 잘못을 지적할 자격이 안 된다는 걸. 그럼에도 불구하고 아이를 꾸짖는 이유는 아이가 나처럼 되지 않기를 바라는 마음이다. 대부분 아이들은 이런 부모의 심정을 눈치 채는 나이가 되면 스스로 알아서 잘한다.

　사춘기의 아이들이 사나워지는 건 그동안 살아온 세상이 부조리로 가득하다는 것을 조금씩 알게 되기 때문이다. 그리고 그 사실을 숨긴 부모와 학교에 반감을 품기 때문이다. 이 세상이라는 거 제대로 보면 얼마나 모순덩어리인가. 얼마나 대충 얼기설기 합판으로 막아놓은 오두막인가. 그래서 나는 무조건 받아들이고 참으라는 말에 분노한다. 그건 어른이 돼서 할 말이 아니다. 금방 들통 날 거짓말이기 때문이다.

있는 그대로의 내 모습을 보고
사랑해주는 사람...

헤아릴 수 없는 사랑의 헤아림

의처증 때문에 폭력적으로 변하는 남편들의 이야기가 들려
온다. 그들은 아내를 의심하는 것이 아니라 자신을 의심하고
있는 것이리라. 자신이라면 도저히 할 수 없는 희생을 아내가
감수하고 있는 것이 이해가 안 되는 것이다.

일요일

내가 밥상에서 시를 짓는 동안

아내는 저녁을 짓는다

끝물인 김치를 긁어

찌개를 만든다

냄비가 끓고

도마 위에서 토막 나는 내 손가락

간을 보며 그녀는 고개를 흔든다

설익은 비계가 아직 둥둥 종이 위를 떠다닌다

밥에 뜸이 들 때쯤

마지막 한 줄을 간신히 처리하면

밥상이 차려지고

내 앞에서 수저가 눈부시게 빛난다

목이 멘 난 냉수부터 마신다

내가 밥을 먹는 동안

그녀는 젖은 손으로 시를 읽는다

몇 번 확인해본 바에 의하면, 다른 결혼한 시인의 가장 정확한 비평가도 배우자다. 서로의 세상이 다르기 때문이다.

내가 말을 다뤄 시를 쓰는 것보다 아내의 요리 실력이 훨씬 낫다. 그래서 아내가 차려준 밥을 먹는 동안 아내가 내가 쓴 시를 읽는 것은 내 가슴을 옥죄게 만든다. 한 열 편 보여주면 두세 번 칭찬 받기 빠듯하다. 그래서 또 기를 쓰고 시를 썼다. 어디 시뿐이겠는가. 사업으로 한참 잘나가던 형은 형수가 아프면서 망하고 말았다. 그때 난 알았다. 남자들의 세계는 여자들이 지탱시킨다는 사실을.

아내는 여자가 아니라 엄마다. 자식이 있건 없건 상관없다. 남편도 자식과 매한가지이기 때문이다. 남편이 한 열 살 많다고 아내와 동등한 영혼을 가졌다고 말할 순 없다. 살다보면 나이는 전혀 상관없다. 두 사람은 서로를 합쳐 평균으로 간다. 그런데 그 평균이 둘이 같은 숫자의 평균이 아니다. 언제나 아내가 남편보다 배 정도의 깊이를 더 갖는 것이다.

현명한 사람은 큰일을 기획할 때, 먼저 아내와 의논한다. 나에 관한 상황을 가장 정확하게 판단할 수 있기 때문이다. 그런데 반대로 아내가 생각하는 일은 내게 어렵다. 도무지 무슨 가치 기준으로 일을 하는지 알기 어렵다. 아내는 훨씬 더 현실적이지만 훨씬 더 비밀스러운 방을 가지고 있다. 때로는 아내가 쓰는 말조차 이해하기 어렵다. 언제나 교묘하게 자신의 생각을 숨기면서 돌려 표현하기 때문이다. 그러니 처음부터 상대가 안 된다. 그러니 경청해야 한다, 아내의 말씀을. 시키는 대로 해서 잘못될 일은 없다는 게 정설이다.

숲의 구성

소나무는 소나무끼리

참나무는 참나무끼리

숲을 이룬다

두 아들과 아내가 등산로 계단에 서서

손을 흔든다

잘 자란 나무들 같다

아빠 빨리 와

사진 찍어줘야지

나는 손을 흔들고

식은땀을 흘리며

배경이 되러 뛰어간다

부부의 사랑은 자식에 의해 분해된다. 인간은 포유류이고, 포유류뿐만 아니라 모든 생물들은 자신의 유전자를 남기기 위해 분투한다. 어쩌면 아내는 자식을 낳기 위해 날 사랑한지도 모른다. 심한 표현 같지만 또 당연한 말이기도 하다. 생명체는 영원할 수 없기에 생물학적으로는 자신의 유전자를 남기기 위해 후손을 만든다.

아내와 아이들의 유대감은 내가 비집고 들어갈 자리가 없을 정도로 촘촘하다. 가족 소풍을 가서 사진을 찍을 때 그들은 하나의 숲 같다. 노을이 물들고 새가 우는 아름다운 숲. 나는 그 숲의 뒤에 있는 배경으로 만족한다.

소극적인 생각이라고 비난할 사람도 있을 것이다. 하지만 자진해서 배경이 되는 마음도 쉽게 할 수 있는 건 아니다. 그걸 모른다면 사랑을 안다고 할 수 없다.

역전으로
가는 다리

자라 콧구멍만 한 정선 읍내에

어려서부터 함께 큰

사내 스무 살

여자 열아홉 살

겨울 산토끼처럼

겁 많은 사내가

시험에 합격해 순경이 되었을 때

어울리지 않는다 수군거렸지

우물가 버드나무처럼

호리호리한 처녀는

동네가 알아주는

착하고 부지런한 색시

둘이 사랑하더니

결국 결혼했다

늙은 시부모 모시고

차부 앞 구멍가게 부부가 되었지

금방 아들딸 셋 낳고
살만 하더니
맥없이 남편은 순경을 그만두고
술을 마시기 시작했어

매일 마셔도 질리지 않는
살모사처럼 독한 친구 몇 놈이
옆구리에 따리 틀었지

말려도 계속되는 술자리
아내 혼자 지쳐
어느 추운 겨울밤
역전으로 가는 다리 위
창백한 다섯 번째 가로등 아래로
몸을 던졌다

큰 아이는 여덟 살
둘째는 일곱 살
셋째는 다섯 살
홀시아버지 일흔 살

차라리 기차를 타고
멀리 달아나버리지
동네 사람들은 혀를 차고
술친구들은 사라졌지

앞 뒷산에 빨래 줄을 매는
자라 콧구멍만 한 정선 읍내에
남편은 숨을 곳 없는 서른 살

역전으로 가는 다리 위
창백한 다섯 번째 가로등 아래로
아내를 따라갔어

큰아이는 아홉 살
둘째는 여덟 살
셋째는 여섯 살
홀시아버지 일흔한 살

늦은 밤에도 차부 앞 구멍가게엔
노인이 앉아 있고
남자인지 여자인지 우는 소리가 난다고
사람들은 밤에 다리를 지나다니지 않아

남자는 도대체 몇 살이 되어야
철이 드는 걸까

고향에서 친구들과 술을 마시다가 이야기를 들었다. 내가 잘 아는 사람이었다. 읍이라 해야 몇 사람 살지 않는 작은 동네니 한 다리만 걸쳐도 모르는 사람이 없었다. 그들은 아마 우울증 환자였을 것이다. 앞뒤를 재기엔 너무 순진하고 아팠을 것이다. 그 외에 다른 어떤 말도 이 사건을 설명하지 못한다. 작은 동네에서는 서로가 서로를 돌봐준다. 반면에 말도 많고 탈도 많아서 다른 사람 입 밖에 날 일은 하지 않는다. 이렇게 예외적인 사건도 벌어진다. 지금도 고향에 가면 역전으로 가는 다리를 건너야 하고 지나가다 보면 차부 앞 가게가 보인다.

둘이 사랑하더니

　　　차부 앞 구멍가게 부부가 되었지

어느 추운 겨울밤

　역전으로 가는 다리 위

창백한 다섯 번째 가로등 아래로

몸을 던졌다

사직서 쓰는 아침

．

．

．

상기 본인은 일신상의 사정으로 인하여

이처럼 화창한 아침

사직코자 하오니

그간 볶아댄 정을 생각하여

재가해 주시기 바랍니다

머슴도 감정이 있어

걸핏하면 자해를 하고

산 채 잡아먹히기 싫은 심정으로

마지막엔 사직서를 쓰는 법

오늘 오후부터는

배가 고프더라도

내 맘대로 떠들고

가고픈 곳으로 가려 하오니

평소처럼

돌대가리 놈이라 생각하시고

뒤통수를 치진 말아주시기 바랍니다

내 평생 사직서는 한 열 번 쓴 것 같다. 출판계가 원래 이직률이 높은 곳이긴 하지만 내 경우는 그놈의 시인이라는 알량한 자존심이 겹쳐져 부당한 윗사람과의 충돌이 생기면 바로 사표를 썼다. 물론 그때마다 고통 받는 건 아내였다. 아침에 멀쩡하게 출근한 남편이 퇴근시간도 안 됐는데 종이 상자 하나 안고 와서 그만뒀다고 하면 어쩌자는 건가. 그래도 아내는 싫은 소리 안 하고 묵묵히 참아주었다. 이미 엎질러진 물 되돌릴 수 없다는 걸 알았기 때문이다. 그런 아내가 고맙고 두려워서 얼른 다시 다른 직장을 알아보곤 했다.

사실 사직서는 나보다 아내가 더 쓰고 싶었을 게 분명하다. 아이와 함께 있는 시간이 가장 행복해 보이는 사람이 아침마다 아이를 다른 곳에 맡기고 출근했다. 일을 마치고 귀가하면 늦은 밤이었다. 주변머리도 없는 주제에 자존심만 센 나는 몸이 아픈 뒤로 성질만 더 못돼져서 걸핏하면 짜증을 부렸다. 그리고 시간이 있어도 청소나 설거지 같은 집안일도 별로 도와주지 않았다. 그러니 아내는 아마 사직서를 회사보다는 내게 내고 싶을 것이다. 하지만 한 번도 내게 사직서를 제출하지 않았다. 그저 묵묵히 참고 참았을 뿐이다.

　자백하자면 난 돌대가리 같은 놈이 맞다. 눈치도 없고 성질만 급해서 상대방의 술수에 잘 넘어간다. 아내도 그런 나의 실정을 훤히 보고 있었을 것이다. 내가 사직서를 쓸 때는 도무지 견딜 수가 없어서였지만 아내는 애초부터 모든 것을 참아낼 준비가 되어 있는 사람이었다.

　사직서를 쓴 자가 강한 게 아니다. 사직서를 품에 넣고 다니면서도 한 번도 포기하지 않는 사람이 진정 강자다. 우리 부부의 전력은 이미 우열이 판가름 난 상태다.

그녀

멀리 서 있다

검은 윤곽만 보인다

죽은 숲이 가로막고

눈이 퍼런 짐승들 어슬렁거린다

우뚝 서 있다

바다가 보인다 한다

능선에 노을이 걸리면

바위들 묵묵히 타오르고

사방 물안개 돋는다

검은 새 떼 푸르르 날리며

곡괭이질 하고 싶다

광맥에 닿고 싶다

갱도를 무너뜨리고

조난당하고 싶다

화석으로 남고 싶다

깊은 벼랑 위로

참나무들이 파수병처럼 서 있는

길이 없는 그녀

깊은 벼랑 위로

　참나무들이 파수병처럼 서 있는

길이 없는 그녀

이제는 태어나서 만난 사람 중에 아내가 나와 가장 많은 시간을 지낸 사이가 되었지만 그렇다고 해서 아내를 잘 안다고 말할 수는 없다. 부부라고 해도 건널 수 없는 심연이 있고 살펴볼 수 없는 그늘이 있는 것이다. 가끔 '아내가 내 속을 환히 들여다보는 게 아닐까' 하는 생각이 들 때가 있다. 특히 내가 사고를 치려 하거나 일상에서 일탈을 하려 할 때 아내는 다 알고 있다는 듯 말없이 나를 들여다본다.

　반대로 아내는 내게 멀리 있는 큰 산이다. 도무지 정상까지 올라가보지 못한 그 산엔 내가 알지 못하는 세상이 있을 것만 같다. 그러므로 큰일 앞에서는 아무래도 내가 한 수 접고 들어가야 한다. 난 뼛속까지 들여다보이지만 아내는 아직 숨겨진 봉우리가 많기 때문이다. 뭐, 그렇단 말이다. 불만은 없다. 이 험한 세상 살아가려면 어느 한쪽이 어른스러워야 하지 않겠는가. 난 그저 아내의 깊숙한 곳으로 갱도를 파고 들어가 그 안에서 잠들고 싶다.

모래성
모래성
모래성

해질녘이면 돌아가야지

엄마가 부르기 전에

신발도 탁 탁 털고

아무 일도 없었다는 듯

돌아가야지

종일 만든 모래성도 사라지겠지

공들였던 몇 개의 탑과

조개껍질로 만든 방도 무너지겠지

집을 팔아야겠어요

남는 돈으론 전세도 얻을 수 없네요

아내의 등 뒤로 파도치는 소리가 들린다

엄마가 환하게 웃으며 기다리겠지

그게 뭐 좋다고 진종일 있었니

그래도 재밌었어요

찌개를 끓이는 연탄불 아래서

모래투성이 손을 씻는다

곧 곯아떨어질 시간

해질녘이면 돌아가야지

이유 여하를 막론하고 가난한 부부를 집 밖으로 내모는 정치는 잘못된 것이다. 유난히 생활고로 자살하는 사람들에 대한 뉴스가 많이 나올 때 나는 모래성을 떠올렸다. 곧 무너질 집에서 전전긍긍하며 살아가는 사람들. 물론 나도 예외는 아니었다. 그래서 이 시는 암울하다. 하지만 그래도 재미있었다고 말할 수 있는 건 내가 혼자가 아니었기 때문이다.

신혼부터 우리도 주거지 때문에 고생했다. 그나마 몇 년간 남의 집 생활을 하다가 평촌에 열 평이 조금 넘는 아파트에 당첨되어 내 집이라고는 할 수 없지만 주인의 눈치를 봐야 하는 신세는 면할 수 있었다. 그런데 내 집이 생긴다고 고통이 사라지는 건 아닌 것이, 집을 소유하기 위해 얻은 빚이 계속 괴롭혔다. 빚을 얻어 집을 사는 게 당연한 시절이었다. 일단 집을 사면 알아서 값이 오르겠지 하는 기대 심리가 또 보상받던 시절이었다. 그런데 부동산으로 돈을 버는 사람들은 따로 있었다. 권력의 힘으로 규제를 풀고 남보다 빠른 정보를 얻는 사람들은 성공했지만 세상 물정 모르고 언제나 막차를 타는 우리 같은 사람들은 좀처럼 집으로 경제적인 덕을 보지 못하고 시세가 은행 융자와 비슷한 상황이 되곤 했다.

수입의 많은 부분을 이자로 물어야 하는 상황은 잠깐 일을 쉬어야 하는 공백이라도 생기면 금세 우리 가족을 위험으로 몰아넣었다. 신문에 비극으로 거론되는 사람들의 운명과 우리는 그저 백지 한 장의 차이밖에 없었다. 누군들 힘들면 죽음을 생각하지 않겠는가. 참을성이 부족한 나를 다독거리며 밤새 수입과 지출을 맞추면서 가계를 지탱한 건 아내였다.

이제 아내는 나를 사랑하지 않는다

이삿짐을 싸는 데 익숙해진 그녀는

내가 없어도

쉽게 떠날 준비를 끝낸다

내 몫으로 남겨진 가구나 이불들은

너무 낡거나 무거워서

버리고 가도 괜찮은 것들이다

필요하다면 가볍게

그녀는 기르던 개도 이웃에 준다

함께 산 지난 오 년 동안 기른 머리를

새로 이사한 동네에서 싹둑 자른 그녀는

요즘 취한 내 옆에서 자지 않고

슬그머니 부엌으로 빠져나와

주소를 쓰지 않은 편지를 쓴다

송곳니가 빠진 무표정한 얼굴로

오래 살펴보면서

냉장고와 함께 밤을 새는 그녀는

낯설게 아름답다

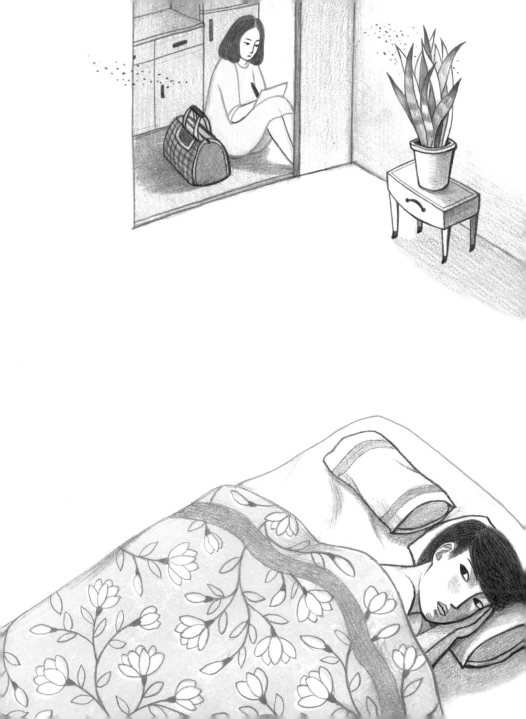

이 시는 첫 번째 시집의 제목이기도 하다. 그 당시는 아직 신혼이었기 때문에 도대체 무슨 생각으로 이런 제목의 글을 썼냐는 말을 많이 들었다. 하지만 시인은 나만이 아니라 동시대를 살고 있는 다른 사람들의 심경까지도 헤아리는 글을 쓴다. 즉 시적인 현실은 실제의 나의 현실과 닮을 이유가 없다. 아내 역시 그런 줄 알기 때문에 이 제목을 가지고 문제를 삼지 않았다. 장모님께는 혼이 났다.

그런데 어떤 날은 정말로 아내가 날 사랑하지 않는 게 아닐까 하는 두려움에 사로잡힐 때가 있다. 모든 의심은 한 사람의 독단적인 추측에 의해 일어나는 법이다. 그렇게 보면 아내의 일거수일투족이 모두 그런 생각을 뒷받침하는 증거처럼 보인다. 아마 그런 생각의 바닥에는 왜 아내는 나랑 살면서 일방적으로 손해만 보고 있을까 하는 의심이 깔려 있기 때문이다.

의처증 때문에 폭력적으로 변하는 남편들의 이야기가 심심찮게 들려온다. 그들은 아내를 의심하는 것이 아니라 자신을 의심하는 것이리라. 자신이라면 도저히 할 수 없는 희생을 아내가 감수하는 것이 이해가 안

되는 것이다. 문제는 그럴 때 아내가 더 아름다워 보인다는 것이다. 감히 내가 소유하거나 만질 수 없는 그런 존재로. 이럴 땐 얼른 꼬리를 내리고 항복해야 한다. 먼저 다가가 곰살맞게 굴어야 한다. 부부는 지는 게 이기는 거다.

염불

내 속엔 탑이 하나 있지

잘 생긴 삼층석탑

내 마음이 생겼을 때부터

그 자리에 있었어

탑이 상할까봐

조심조심 살았지

뾰족한 탑의 상륜부가

가슴을 쿡쿡 찌르면

하던 일도 즉시 멈췄어

나는 소실된 절간의 뜰이었는지 몰라

슬퍼지면 귓전에

긴 종소리가 울려

당신이 정말 나를 사랑한다면

내 속의 탑을 보아줘

두 손을 모으고

탑신에 새겨진 글들을 읽어줘

당신은 나의 대웅전

나의 주지야

모든 인간관계가 허무해질 때가 있다. 직장에서 무슨 일이 있어도 서로 보호해 줄 것 같았던 선후배들이 정작 위기에서 저만 살겠다고 외면하고, 부모형제보다 가까운 듯했던 친구들도 남보다 못할 때, 나는 혼자라는 사실을 깨닫는다. 그렇다, 나는 어디에도 속하지 않는 불타버린 절터에 남은 그을린 자국이 남은 돌탑이다.

시간이 흘러도 변치 않는 마음은 드물다. 부모는 아쉽게도 원하는 만큼 오래 생존하지 않는다. 부부 사이가 왜 중요하겠는가? 특수한 경우가 아니라면 이 세상에 태어나서 가장 많은 시간을 함께 있는 사람이기 때문이다. 있는 그대로의 내 모습을 보고 사랑해주는 사람을 만나는 일이 또 얼마나 힘든지 아는 사람이라면 아내가 나의 주지란 말에 동의해줄 것이다. 아내는 내 속의 탑을 들여다본다. 나의 내력을 읽고 내 몸 깊숙한 곳에 숨겨진 사리함을 찾아낸다.

요즘도 일하러 나가는 아내의 뒷모습을 보다가 긴 종소리를 듣는다.

손톱

나 같은 얼간이에게

사랑은 손톱과 같아서

너무 자라면 불편해진다

밥을 먹다가도 잠을 자다가도

웃자란 손톱이 불편해 화가 난다

제 못난 탓에 괴로운 밤

죄 없는 사람과 이별을 결심한다

손톱깎이의 단호함처럼

철컥철컥 내 속을 깎는다

아무 데나 버려지는 기억들

나처럼 모자란 놈에게

사랑은 쌀처럼 꼭 필요한 게 아니어서

함부로 잘라버린 후

귀가 먹먹한 슬픔을 느끼고

손바닥 깊숙이 파고드는 아픔을 안다

다시 손톱이 자랄 때가 되면

외롭다고 생각할 것이다

어느 연인이라고 헤어질 생각을 안 해 봤겠는가. 잘못된 길로 가는 줄 알면서도 서로의 감정을 상하게 하고 괜히 깊은 밤 후회한다.

　부부로 사는 시간도 반은 사랑하고 반은 싸우게 된다. 싸우지 않고 평생을 살았다는 이야기를 나는 믿지 않는다. 그건 어느 한쪽의 일방적인 양보가 필요한 일이니 사랑이라는 말을 붙일 수 없다. 사랑하니까 싸우기도 하고 그게 심해지면 말과 행동이 험해진다. 속상하다고 아무 말이나 막 하고 나서 금방 후회한다. 내뱉는 건 순간이지만 후회는 길다. 다행히 죄책감으로 괴로워할 때 그 순간 구원해주는 것도 아내다. 싸우고 나면 언제나 아내가 먼저 전화를 한다. 아무 일도 없다는 듯 일상에 대해 의논을 한다. 그러면 나도 시치미를 딱 떼고 대화를 받아준다. 내게 필요한 용기는 아내가 화해를 청했을 때 받아주기만 하면 되는 것이다.

　내가 모자란 줄 알면 세상이 편하다.

세기말

우리는 태몽을 정하지 못했다

배가 점점 부르는데

아직 잡히는 꿈이 없다

어두운 잠만 잔다

아침까지 남는 꿈은

모두 사납기만 해 걱정이다

고목에서 꽃이 피거나

호랑이가 품에 뛰어들지 않아도 좋다

그저 안전한 소품이면 다행이라 여기겠다

태몽 없는 아이는 낳을 수 없다고 아내는 안달이다

일찍 TV를 끄고

신문도 읽지 않는데

아직 태몽을 꾸지 못한다

태몽은 희망을 뜻한다. 자식을 갖는다는 것은 지금보다 더 좋아질 거라는 미래에 대한 희망을 가진다는 것이다. 단순히 나의 유전자를 남기기 위해서나 집안을 계승하기 위해서 자식을 낳는 사람은 없을 것이다. 헌데 이 시를 쓸 때나 그 아이가 자라 성인이 된 지금이나 태몽으로 쓸 만한 꿈이 보이지 않는다.

내가 어렸던 그 시절엔 인구가 많다고 산아제한 운동을 하더니 이제는 인구가 줄어든다고 세 자녀 갖기 운동을 한다. 문제는 아이를 키울 환경은 만들어줄 거냐는 것이다. 환경을 만들어주기는커녕 그런 조건을 이용해 조금이라도 더 빼먹으려 하는 게 가진 자들의 습성이다. 희망이 없는 세상에 제 자식을 낳을 부모가 어디 있는가.

아내여, 우리는 아직 난세에 외나무다리를 건너며 살아가고 있구나.

가동중

사직서 쓰고

집으로 들어가지 못하고

소주를 마셨다

아직 퇴근하지 않는 남편을 기다리는 아내가

언제 오냐고 메시지를 넣는 밤

허전한 뱃속에

인화물을 쟁인다

약간의 섭섭함과

마치지 못한 책들과

지키지 못한 약속들이

꼭꼭 절여진다

이제 점화를 해야지

모두 태워서

재로 만들어야지

그 힘으로 터빈을 돌려

내 가족의 밤을 밝혀야지

비틀비틀 돌아가는 길

그래그래 다 안다고

고압선으로 연결된 사람들

끄덕끄덕 머리를 흔든다

발전소에 대한 책을 쓰느라 전국의 발전소를 견학 다닌 적이 있다. 문명은 전기가 있는 곳과 그렇지 않은 곳으로 나뉜다고 했다. 발전소가 돌아가 전기를 공급하는 한 인간의 문명은 사라지지 않을 것이라 했다. 물론 그 분야에 종사하는 사람의 자부심이 잔뜩 들어간 표현이었다.

나도 발전소다. 뭔가를 열심히 태워서 터빈을 돌린다. 그것이 제 몸이더라도 좋다. 발전기를 돌려서 가족을 밝힐 수만 있다면. 때로는 쏟아내고 싶은 말을 참으려고 소주를 마시기도 한다. 내가 하고 싶은 말을 다 하면 아내가 슬플 테니까.

아내도 발전소다. 에너지 효율이 떨어지는 남편을 살리기 위해 부지런히 가동된다. 내가 석탄을 태우는 화력발전소라면 아내는 원자력발전소다. 그러니 아내가 고장 나면 일대 사고가 된다. 세상의 존망이 위태로울 수도 있다. 체르노빌이나 일본의 고장 난 발전소처럼 망가진 여자들은 또 이 세상에 얼마나 많은지 남자들은 모른다. 지금 제 손으로 세상을 위태롭게 만들고 있다는 사실을. 그러니 그저 존중하라. 우리는 한 전선으로 연결된 운명공동체.

나도 발전소다.

뭔가를 열심히 태워서 터빈을 돌린다.

그것이 제 몸이더라도 좋다.

아내도 발전소다.

에너지 효율이 떨어지는 남편을 살리기 위해

부지런히 가동된다.

우리는 한 전선으로 연결된 운명공동체다.

보따리
보따리
보따리

대학 보내야 하는데

성적이 엉망이라고

아내가 따끔하게 혼을 내란다

중간도 못한다는데

아비는 지금 바닥을 기면서

무슨 잔소리

그저 다치지나 않고 크면 감사하지

제 속은 다 비우고

아이를 이고 사는 아내여

우리가 지금 할 수 있는 건

나중에 아이가 우리를 이지 않게

보따리를 만들지 않는 것

달려가는 아이의 등을 보면서

웃으며 손이나 흔들어주면 다행이지

아내는 아이의 교육에 있어 진정 나의 간섭을 불허한다. 잘 다니던 직
장을 하루아침에 때려치우고 와도 눈 하나 깜짝 않던 여자가 아이 좀 쉬
게 해주자 하면 난리가 난다. 물론 나보다 아내가 더 현실적이니 자식
교육에 관해서도 유능할 것이다. 같은 반 학부모끼리 모여서 늦은 밤까
지 정보를 교환하느라 귀가하지 않는 걸 보면 대단하다는 생각이 든다.

하지만 아비도 필요하다. "제발 교육문제에도 날 끼워주시게나" 그러
면 또 내가 얼마나 현실과 동떨어진 생각을 하는지 장광설을 쏟아낸다.
"알았어, 그냥 자네 생각대로 하시게. 그걸 누가 말리나"

그런데 아무리 생각해도 성적에 목을 매는 것은 아니라 생각한다. 과
연 성적이 좋은 아이가 커서 행복해질까? 많이 배웠다는 사람이 바보짓
을 하는 이 나라의 학교에서 가르치는 교육이 절대 옳은 걸까? 초등학
교 다닐 때 유신 헌법이 좋은 제도니 집에 가서 꼭 찬성 투표하라고 부
모님께 말씀드리라는 선생님들 밑에서 공부했다. 1980년에 수출 백 억
달러만 달성하면 이 나라는 지상 낙원이 되고 농민들도 부자가 될 거라
는 말을 철썩 같이 믿기도 했다.

요즘 아이들은 영악하다. 나쁜 점도 있지만 좋은 점도 있다. 우리 때보다 많은 정보를 접하고 세상의 부조리한 면도 적발해낼 줄 안다. 무조건 어른들의 말을 신뢰하지도 않는다.

아내여, 정말 우린 나중에 아이들의 짐만 되지 않으면 성공한 거라 생각해야 한다. 우리가 뭐 제대로 물려준 거나 있나.

저물녘에 부르는
사랑 노래

땅거미 질 때 집으로 돌아가며

나는 생각한다

내 사랑도 저렇게 저물고 있구나

완성되지 않은 길과

파헤쳐진 언덕이

눈앞에 가득하다

그대를 생각하면

점점 어두워지는 기억들

이젠 아무도 나를 사랑하지 않는다

목이 부러질 것 같아

무릎을 안고 길가에 앉아

눈물을 글썽거린다

허리를 밟힌 채

제 속을 무는 살모사 한 마리

눈이 먼 채 허물을 벗는다

형편에 맞는 집을 구하다 보니 평촌으로, 일산으로 서울 외곽의 신도시를 떠돌았다. 막 건설이 시작된 도시는 내가 사는 아파트를 빼면 다 공사 중인 황무지였다. 교통편도 이어지지 않아 버스를 두 번 갈아타도 마지막엔 한참 걸어가야 했다. 어쩌다 한밤에 아이가 아프면 아내는 아이를 들쳐 업고 택시를 잡을 때까지 밤길을 하염없이 걸어야 했다.

　　내 평생을 갉아먹은 건 죄책감이다. 내가 사랑하는 사람도 불행하게 만든다고 믿었다. 내 아내도, 내 아이들도 나처럼 무능하고 뻔뻔한 가장을 만나지 않았다면 더 행복하게 살 수 있었을 것을. 그러다 보면 술을 마시고 점점 자책감을 증폭시켜 아무도 날 사랑하지 않는다며 울었다. 제 속을 무는 살모사는 이런 자책감에 빠진 사내의 모습이다. '미안하다', '사랑한다'는 말을 못하는 대신 저 스스로를 무는 것이다.

샘

군대 간 아들이 보고 싶다고

자다 말고 우는 아내를 보며

저런 게 엄마구나 짐작한다

허리가 아프다며 침 맞고 온 날

화장실에 주저앉아 아이 실내화를 빠는 저 여자

봄날 벚꽃보다 어지럽던

내 애인은 어디로 가고

돌아선 등만 기억나는 엄마가 저기 있나

다들 가진 것을 가지지 못한 사람은 아픈 법이다. 평생 가시지 않는 통증이다. 내 아이들이 이런 아픔을 모르는 게 다행이다. 사랑을 책으로 배웠다는 말이 있다. 난 엄마를 책으로 배웠다. 그랬더니 엄마와 여자를 구별하지 못하는 부작용이 생겼다. 이제는 조금 알겠는 게 엄마와 여자는 다르다. 내가 사랑한 사람은 엄마가 아니라 애인이다. 그런데 그 애인은 이제 날 사랑하지 않는다. 오로지 자기 아이들만 사랑하는 것이다. 못난 투정이라고 할 수도 있겠다. 하지만 정작 당하는 심정은 심각하다. 모성 결핍이라는 거 정말 자식에게 물려줄 게 아니다. 왜냐하면 평생을 마음의 불구로 살기 때문이다. 내가 아내에게 기대한 것은 어쩌면 내게 부족한 엄마 노릇까지 해달라는 거였는지도 모른다.

난 아이들을 위하는 아내를 보며 짐작한다. 아, 저런 게 엄마구나. 저런 게 모성애구나. 그런데 아무리 봐도 모성애는 참 미련하다. 어리석을 정도로 희생적이다. 단순히 제 유전자를 보전해나갈 후세라 치면 제 몸을 버려가면서까지 정성을 들여야 하는 걸까? 그렇지 못한 엄마를 만나서인지 나의 의문은 깊기만 하다.

혼자서 나를 기다리는 사람이
얼마나 외로울까...

서로의 곁을 내어줌

신혼 때는 내게 발을 보여주지 않으려 했다. 손가락이 굵은 손도 못생겼다고 감추던 아내가 지금은 내 코앞에 발을 드러내고 잔다. 우리는 잘못 놓인 젓가락이 아니라 제대로 마주보는 한 벌의 부부다.

睡眠寺 수면사

초파일 아침

절에 가자던 아내가 자고 있다

다른 식구들도 일 년에 한 번은 가야 한다고

다그치던 아내가 자고 있다

엄마 깨워야지?

아이가 묻는다

아니 그냥 자게 하자

매일 출근하는 아내에게

오늘 하루 늦잠은 얼마나 아름다운 절이랴

나는 베개와 이불을 다독거려

아내의 잠을 고인다

고른 숨결로 깊은 잠에 빠진

적멸보궁

초파일 아침

나는 안방에 법당을 세우고

연등 같은 아이들과

꿈꾸는 설법을 듣는다

결혼하고 나서 화양리 근처에 얻은 신혼방은 보증금 이백에 월세 십만 원이었다. 당시 내 월급은 삼십구만 원이었고 그 금액에서 내 집 마련의 꿈을 위해 주택부금도 부어야 했다. 삼시 세끼 따순 밥을 먹고 월사금이나 등록금을 제때 못 내본 적이 없는 환경에서 자란 나는 경제에 대한 개념이 별로 없는 상태에서 결혼했다. 그래서 내가 버는 돈으로 어떻게 우리 부부가 살아나갈 수 있는지 진지한 고민을 해 본 적이 없었다.

아내는 가난한 농부의 딸이었다. 남동생과 먼 길을 걸어 초등학교를 다닐 때, 도시락은 남동생 손에만 들려 있었다. 초등학교 졸업 이후 혼자 힘으로 검정고시를 거쳐 대학까지 들어왔다. 그런 아내가 내 쥐꼬리만 한 수입에 매달려 집에 앉아만 있을 리가 없었다. 결국 아내는 맞벌이에 나섰고 그 뒤 경제적 수입이 신통치 못한 남편을 대신해 가정 경제를 이끌었다. 오십이 넘은 지금까지도 학습지 방문교사 일을 한다. 나는 시인이 된 후에 글을 쓰는 데 가까운 직장으로 이직한답시고 출판계로 왔고, 박봉과 잦은 이직 속에서 아내의 수입이 가정의 주 수입원이 된 적이 많았다.

아내는 절에 친정 식구들의 위패를 모셨다. 그런데 아이들 돌보고 일하다 보면 친정 식구들의 명복을 빌러 절에 가는 시간도 내기 어려웠다. 그래서 봄이 오면 미리부터 꼭 가족과 함께 초파일에 절에 가자고 신신당부하곤 했다.

이 시는 그러니까 내가 쓴 게 아니라 본 것이다. 불과 십 분 만에 이 시를 다 썼다. 눈앞에 보이는 그대로를 적었을 뿐이다. 그래서 나중에 사람들이 이 시를 좋아하게 되자 조금 이상하기도 했다. 며칠을 끙끙대며 쓴 시들보다 훨씬 더 좋은 평가를 받았던 것이다. 평범한 현실이 사람들을 감동시킨다. 그리고 있는 그대로 쓰는 게 얼마나 힘든 일인지, 그때는 알지 못했다.

못난이
감자

아들이 어릴 때

엄마 상 차리는 거 돕는다고

수저를 놓곤 했다

젓가락이 어려워

가끔 머리가 반대로 놓이기도 했다

잘못 놓은 젓가락 한 벌처럼

아내는 나와 반대로 잔다

내가 코를 골기 때문이다

코앞의 맨발은

못생긴 감자 같다

엄지는 너무 크고

새끼발가락은 뒤틀렸다

이십 리 길을 걸어 초등학교를 다녔다더니

일하느라

지금도 매일 걷는다

내일을 위해 거꾸로 잠든

아내를 바로잡을 수 없다

그저 내 감자가 얼지 않도록

이불을 덮어주는 수밖에

주차장에서 취객이 차를 걷어찼는지

경보기 소리가 오래 울렸다

결혼을 하고 점점 살이 찌면서 코를 심하게 곤다. 내가 들을 수 없으니 그렇게 심한 줄 몰랐는데 밖에서 다른 사람들과 자게 되면 다들 잠 한숨 못 잤다며 한마디씩 한다. 다시 한방 쓰길 거부할 게 분명하다. 그런데 매일 함께 자는 아내는 어떻게 견뎠을까?

생각해보니 아내는 거꾸로 누워서 잤던 것이다. 그것도 모르는 난 아내의 잠버릇이 험하다고 불평하곤 했다. 어떤 때는 한밤에 깨어보면 아내가 소리를 죽인 텔레비전을 보고 있을 때도 있다. 그 역시 내 코 고는 소리에 잠들 수 없었기 때문인 것이다.

이 세상에 내 코 고는 소리를 참으며 매일 옆에 있는 사람은 아내밖에 없다. 이 사실 하나만으로도 나는 행복한 사람이다. 이제는 깨었을 때 눈앞에 아내의 발이 있는 상황이 익숙해졌다. 아내의 발은 심한 노동을 하는 노동자의 발이다. 그래서 신혼 때는 내게 발을 보여주지 않으려 했다. 손가락이 굵은 손도 못생겼다고 감추던 아내가 지금은 내 코앞에 발을 드러내고 잔다. 우리는 잘못 놓인 젓가락이 아니라 제대로 마주보는 한 벌의 부부다. 다만 요즘 부쩍 살을 빼라는 성화가 잦아졌다.

쥐뿔

난 얼치기 사기꾼

쥐뿔도 없으면서

사람을 낚으려 하지

종일 기다려도 빈 바구니뿐이었던

내게 걸린 단 하나의 월척

운이 좋으면

소도 뒷걸음치다 쥐를 잡지만

그 반대라면

나 같은 남편을 만나는 법

한 번의 선택에 두 아들을 떠안고

살기 위해

종일 남의 집들을 방문하는

당신은 내 인생의 고발자

보상할 수 없는 죄책감에

당신의 머리맡에서

불면의 종신형을 살고 있다네

만약 내게 딸이 있어서 나 같은 사내를 데리고 와 결혼하겠다고 하면 두말 않고 내쫓아버릴 것이다. 바람직한 사위의 조건에 맞지 않기 때문이다. 자신은 그 조건을 충족하지 못했으면서 부모들은 자녀들이 모범 답안 같은 배우자를 만나기를 바란다. 아내는 도대체 무슨 배짱으로 날 선택했는지 딱하기도 하다. 인생은 선택이라는데 어쩌면 우리는 너무 어린 나이에 너무 중요한 선택을 하는지 모른다. 일단 선택하면 자신의 선택을 책임져야 하는 법. 아내는 몸이 고생스럽고 난 마음이 불편하다. 이렇게 서로 이해하면서 늙어가는 모양이다.

거울 보는 남자

넌 4회전을 뛰기엔 너무 늙었어

언제까지 새파란 애들하고 뒹굴래

벌써 8회전짜리는 됐어야지

너는 몸을 너무 막 굴려

펀치력도 없는 주제에

웬 턱은 그렇게 치켜들고 사니

상대는 약은 놈이야

백스텝이 얼마나 유연해

넌 쫓아다니다가 지쳐

제풀에 다리가 풀려버리잖아

결혼은 뭐하러 일찍 했냐 대책도 없이

이젠 다른 도리 없어

큰 거 하나 노리자구

정 안되겠으면 신호해

타월을 던질 테니까

자 세컨 아웃이야

입 꼭 다물고 고개 숙여

가진 것 없이 결혼해서 생활고를 겪을 때마다, 은근히 결혼한 것을 후회할 때도 있었다. 주변머리 없는 성격으로 사회생활은 꽉 막히고 나 하나 믿고 있는 가족들을 생각하면 가만히 있어도 숨이 찼다. 그때 나를 지탱한 건 투지였다. 그때는 세상이 온통 적이고 불리했지만 내가 못 견딜 거라고 생각하는 사람들에게 지고 싶지 않았다.

　스포츠 중에서 권투를 좋아했는데, 맨몸뚱이로 정직하게 싸우는 복서들처럼 나도 떳떳한 돈을 벌고 싶었다. 눈꺼풀이 떨어지지 않는 아침에 출근시간을 맞추기 위해 억지로 일어나 면도를 하고 이를 닦고, 세면대 거울 앞에서 나는 두 주먹을 턱까지 올리고 중얼거리곤 했다. "아직 더 싸울 수 있어요."

　나이를 먹으면서 슬픈 일 중의 하나는 이런 투지가 점점 사라진다는 것이다. 나는 다시 한 번 4회전짜리 권투 선수로 링에 나서고 싶다. 그리고 여전히 지고 싶지 않다. 영화 〈록키〉는 1편만 좋아한다. 가난한 복서가 예쁘지도 않은 처녀를 사랑하며 냉동육 덩어리를 두들기는 모습이 세상의 힘겨운 남편들의 모습을 보여준다. 배운 것도 모자라고 똑똑하지도 않고 말도 어눌하지만 원하는 것을 얻기 위해선 최선을 다해야 한다는 원칙은 안다.

얻어맞아 온통 피투성이가 된 얼굴로 여자 친구의 이름을 목 놓아 부르는 사내. 일하는 남편들은 매일 이 고된 경기를 뛴다. 잠깐 쉴 여유도 없이 밤이 오고 다시 아침이다. 그나마 다행인 건 수건을 던지고 기권할 생각이 없는 것이다.

또 하나의 희망

또 하나의
희망
•
•
•

하나뿐인 아이가 외로워 보인다

맨손으로 지뢰밭을 돌아다니는 주제에

몇 십 년 후가 걱정스럽다니

때론 낙관적으로 변하는 내가 우습다

만세를 부르며 잠든

저 아이가 태어났을 때

난 모험을 하는 거라 생각했다

할리우드 액션 영화의 주인공도 아니면서

수많은 행운을 필요로 하는 짓을 벌이다니

아내는 며칠째 몸살이다

혼자 자란 아이는 버릇이 없대요

하나뿐인 희망은 위태로워 보인다

어두운 밖을 살피고

문단속을 하며 난 생각한다

두 번째 아이를 가지는 일이

또 하나의 희망을 품는 것이 내게

어디 가당키나 한 일인가

현관의 불을 끄면서

혹 돌아올지 모르는 고양이를 위해

문밖의 외등은 그냥 두기로 했다

모든 부모에게 자식이 그렇듯, 아내와 내게 두 아들 녀석은 경제적 차원 이상의 가치 있는 풍요로움을 가져다주었다. 이런 행복을 선물한 아이들은 우리에게 거져 오지 않았다.

　첫째 아이를 어렵게 얻었다. 결혼한 지 삼 년 만이었다. 형제가 많은 집에서 자란 나는 자식 욕심은 없었다. 하지만 아내는 남동생과 딱 둘이었다. 그래서 그런지 큰 아이가 제법 컸을 무렵 둘째 아이에 대한 소망을 말하곤 했다. 하지만 가지고 싶다고 가지는 건 아니어서 아내는 임신이 잘 되지 않았다. 아이 하나 키우는 데 들어가는 비용이 천문학적인 세상에서 나는 그다지 자신이 없었다.

　예전엔 제 먹을 거 제가 가지고 태어난다며 출산을 장려했다. 가족의 노동력이 가족의 생계와 직결되던 시절의 이야기다. 세월이 흘러 지금은 노동 가능자가 소득으로 직결되지 않는 실업의 시대다. 게다가 세금은 오르고 육아환경은 점점 나빠진다. 그런데 아이를 가지는 일은 그런 외부적인 조건이나 환경과는 아무 상관이 없다. 그건 못 말리는 사랑과도 같아서 가지겠다고 작정하면 말릴 수가 없는 것이다. 우리는 결국 큰애

보다 여덟 살 어린 둘째를 낳았고 아내는 그 아이를 어를 때마다 이렇게 얘기하곤 한다. "네가 없었으면 무슨 재미로 이 세상을 살았을까"

세상에 대가 없는 소득이 어디 있겠는가. 아이를 원한다면 아이에게 들어가는 투자도 마땅히 감수해야 한다. 같은 고민을 하는 젊은 부부가 있다면 돌아오지 않던 고양이가 결국은 돌아온다는 말을 해주고 싶다.

일신상의 비밀

또 겨드랑이가 가렵다

침울한 과장의 눈치를 살피며

살살 긁어보지만

참을 수 없이

겨드랑이가 가렵다

숙연한 영업실적 보고회의

감원을 해야 한다고

사장은 딱딱거리는데

문제는 내 겨드랑이다

삐쭉 날개가 돋기 시작한 것이다

요즘 옷을 벗을 때마다

얼마나 조심하는지

아내도 아직 눈치 채지 못했다

시간이 지날수록

날개는 점점 자란다

조심해야 한다

내 눈은 점점 위로

사무실 천장을 뚫고 옥상 위로

저 아래에서 날 부르는 날카로운 소리

하지만 난

맷돌에 눌려 죽은 아기처럼

자꾸 겨드랑이가 가렵다

시를 쓰는 것이 언제나 인생의 가장 높은 목표이기에 내게 직장은 언제나 임시였다. 하고픈 일과 먹고 살기 위해 해야 하는 일 사이에서 박쥐처럼 옮겨 다녔다. 꿈과 현실의 막막한 차이처럼 우리나라 방방곡곡에는 아기장수의 전설이 있다.

영웅의 탄생을 바라지만 정작 내 아이가 영웅이라면 감당할 수가 없는 빈약한 사람들. 태어날 때부터 신력을 가진 아기가 부모들에게는 근심이 된다. 왜냐하면 역적으로 몰려 일문이 멸족당할 수 있기 때문이다. 그래서 이 슬픈 피지배자 부모는 아기를 무거운 돌로 눌러 죽인다. 이런 아기에게는 몇 가지의 특징이 있는데, 그중 하나가 겨드랑이에 날개가 달린 것이다. 그러니까 그 사실이 발각되면 죽은 목숨이다.

부모들이 바라는 아이는 공부를 잘해서 좋은 대학을 가고 대우 좋고 힘 있는 직업을 가지는 아이다. 그들은 영웅이라기보다는 영웅을 따르는 부하들에 가깝다. 권력의 근처에서 그저 잘 먹고 잘살기만을 바란다.

시인도 날개를 가진 아기와 같다. 시인의 눈은 항상 먼 곳을 본다. 아내에게 의논하지 못하는 이런 슬픔 때문에 술을 마신다. 그리고 아무 일

도 없다는 듯 귀가하여 아이들 이야기를 하다가 잠든다. 어딘가에서 나
를 부르는 용마의 울음소리를 꿈꾸면서.

뒤뚱
뒤뚱

새끼들 솜털이 빠질 때가 되면

부모 펭귄은 마지막 먹이를 주고

떠난다

한 일주일 굶으며 기다리다가

어린 것들은 깨닫는다

얼음과 바람 앞에서

최대한 빨리

바다로 가야 한다는 걸

바다로 가는 길은 멀다

호시탐탐 목숨을 노리는 갈매기를 뿌리치고

얼음 절벽을 미끄러져

바다코끼리 무리를 뚫고 나간다

깊고 푸른 운명 속으로 몸을 던지는 건

살아 있는 것들의 숙명

뒤뚱뒤뚱

바삐 걸어가는 뒷모습이

이상하게 서럽다

아이들이 자라면서 어느 순간부터는 부모의 손에서 독립할 준비를 한다. 모든 엄마가 다 그렇겠지만, 특히 손이 귀한 집 장녀인 아내는 두 아들에 대한 집착이 유난하다. 두 아들 녀석은 어릴 때 껌딱지란 말을 들을 정도로 제 엄마 치맛자락을 놓지 않았다. 하지만 아들이란 게 일단 사춘기에 들어가면 목소리는 자갈로 가마솥 긁는 소리가 나고 얼굴은 여드름투성이가 되며 무뚝뚝한 괴물이 되어간다. 밥 먹고 나면 제 방 문을 닫고 들어가 기어 나오지도 않는 것이다. 아내도 그런 아이들에게 실망하기 시작했다. 키워봐야 남이라는 말도 한다. 하지만 그게 인간의 순서인 것이다. 아이들도 아이들대로 자신만의 삶을 살아갈 준비를 해야 하는 법이다.

어느 날 동물에 대한 다큐멘터리를 보다가 우리도 저 펭귄과 다르지 않다는 생각을 했다. 나 역시 갑작스럽게 세상과 마주치게 되면서 얼마나 당황했던가. 그러니 아내여, 우리는 그저 저 아이들에게 말 없는 격려나 보내주어야 할 것이다. 두 아이가 자라서 바다로 나가면 우리 둘만 남아 적막한 시간을 보내야 할 것이다.

서른
아홉

사십이 되면

더 이상 투덜대지 않겠다

이제 세상 엉망인 이유에

내 책임도 있으니

나보다 어린 사람들에게

무조건 미안하다

아침이면 목 잘리는 꿈을 깨고

멍하니 생각한다

누가 나를 고발했을까

더 나빠지기 전에

거사 한번 해보자던 일당들은 사라지고

나 혼자 남아

하루 세 시간 출퇴근하고

열두 시간 일하고

여섯 시간 자고

남은 세 시간으로

처자식을 보살핀다

혁명도 없이 지나가는 서른아홉

지루하기도 하다

하루 스물네 시간을 따져 본 적이 있다. 그랬더니 옆의 시와 같았다. 권력자들은 피지배자들이 시간 여유가 있는 것을 불안해한다. 시간이 나면 자신들이 얼마나 잘못된 처우를 받고 있는지 깨달을 시간을 가지기 때문이다. 내가 다닌 최악의 회사도 사장이 직원들이 퇴근 후 만나는 것을 금지했다. 예나 지금이나 밑바닥들은 시키는 대로 일하고 남는 시간은 또 일하기 위해 자는 게 바람직하다. 소수의 권력자에게 힘이 독점되는 인간의 제도는 공정할 수가 없다. 그래서 역사를 보면 백성들은 참다 참다가 도저히 못 견딜 상황이 되면 봉기한다. 거창한 대세관이나 철학 때문이 아니다. 이래도 죽고 저래도 죽으니 비명이라도 한번 질러보자는 것이다. 현명하지 못한 권력자는 이런 임계점을 무시하고 눌러대다 파국을 맞는다. 역사를 전공하면서 옛날 사람들은 왜 노예의 삶을 참고 견뎠을까 하는 의문을 가진 적이 있었다. 하지만 살아보니 내가 그들과 별로 다르지 않다. 많은 나이를 거쳐온 지금 생각해보니, 서른아홉이면 어느 정도 세상을 제대로 보기 시작할 때다. 그러면 해놓은 게 없어 후배에게 미안한 시간이 오는 것이다.

서울이
외롭다

사방이 막힌 네거리가 외롭고

건널목에 새끼고양이가 외롭고

붉은 신호등에 갇혀 바라만 보고 있는 사람들이 외롭다

잠보다 이른 알람이 울리는 시계를 머리맡에 두고

냉장고엔 먹다 남은 반찬 그릇 두엇

또 이별하는 꿈을 꾸면서 뒤척이다가

소스라치게 놀라 깨면

골목마다 불 켜진 집들이 외롭고

무덤처럼 불 꺼진 집들이 외롭다

지하철에는 가기 싫은 목적지가 가득 차고

종착역에 들어오는 전동차처럼

텅 빈 의자에 전등만 훤한 내 모습

가는 곳 마다 X자를 한 교회들이 외롭고

대웅전만 화려한 절이 외롭고

하루를 못 넘기고 구겨지는 신문이 외롭고

내가 사랑하는 사람이 외롭다

늦게까지 야근하고 귀가하다 보면 한밤의 풍경들이 범상치 않게 보인다. 서울이 외로울 리 있겠는가. 보이는 건 다 내 속의 풍경들이다. 혼자일 때는 외로운 것이 당연하다 여겼지만 결혼을 한 후에도 외로우면 뭔가 잘못된 것이다. 혼자서 나를 기다리는 사람이 얼마나 외로울까 하는 생각에 울컥해 이 시를 썼다.

시간만 나면 휴대폰을 꺼내들고 몰입하는 사람들을 본다. 그들은 모두 외롭지 않으려고 필사적으로 매달리는 중이다. 디지털 문명이 인간을 외롭게 만든다고 하지만 디지털 시대에 외로운 사람들은 아날로그 시대에도 역시 외로웠을 테다. 세상이 좀 더 진화하면 사람들은 각자만의 공간에서 통신으로 일을 하고 통신으로 사랑할 것이다. 그때는 외롭다는 말조차 없어질 것이다. 눈과 뇌와 손가락만 필요한 세상에서도 빈부의 격차가 존재하고 시간이 부족해 가족을 돌보지 못하는 나 같은 자가 슬퍼할까?

골목마다 불 켜진 집들이 외롭고

　　　무덤처럼 불 꺼진 집들이 외롭다

하루를 못 넘기고 구겨지는 신문이 외롭고

내가 사랑하는 사람이 외롭다

중년의 꽃잎

낡은 차가 자꾸 말썽이다

시동이 걸리지 않아

뚜껑을 열었더니

부르르 떠는 엔진 위에

꽃이 떨어져 있었다

바짝 마른 하얀 꽃 한 송이가

나사와 나사 사이에 걸려 있었다

몇 번 응급실로 실려갔던 나도

심장에 꽃잎이 들어갔던 걸까

찻값보다 수리비가 더 나오겠네요

이참에 바꾸세요

시간이 좀 걸리더라도

주말까지 고쳐달라고 했다

차가 나오면 아내와 함께

선산에 다녀와야겠다

돈 버는 재주가 없어 식구들 고생이나 시키면서 살다보니 몸에는 병이 들고 집안은 가난을 면치 못한다. 둘이 벌어서 애들 교육시키는 데 다 들어가고 노후준비는 꿈도 못 꾼다. 그나마 큰애와 작은애가 나이 차이가 있어서 큰애가 경제적으로 돈 벌 때가 되면 부모로서 궁색하긴 하지만 작은애를 부탁할 생각까지 한다. 준비해 놓은 것도 없는 노후가 어찌 될지는 모르겠으나 아내나 나나 건강이 예전 같지 않다. 우리도 이제 슬슬 마무리를 생각할 때가 된 것이다. 폐차를 앞둔 낡은 차가 자꾸 감정이입이 되는 것도 그 때문이다. 아름다운 마무리를 해야 할 텐데.

봄에 꽃들이 아름답지만은 않다.

내가
고향이다

추석에 집에 있기로 했다

친정이 없어진 아내와

서울에서 태어난 아이들에게

올 명절은

집에서 쉴 거라 했다

시장에서 송편을 사고

보름달 뜨면

옥상에서 구경하자고 했다

용돈을 받은 아이들은

신이 나서 컴퓨터 게임을 사고

인터넷으로 떠난다

괜히 적적한 척

서울에 있을 선배에게 전화해

그날 저녁 만나기로 했다

문을 닫고 돌아누운 어두운 거리에도

작은 수족관에 불을 켜고

물방울 같은 사람들을 기다리며

문 여는 술집이 있을 거라고

텅 빈 시내버스처럼

반겨줄 사람이 없는

성묘객이 끊어진 무덤처럼

내가 고향이다

텅 빈 시내버스처럼

반겨줄 사람이 없는

성묘객이 끊어진 무덤처럼

내가 고향이다

몸도 불편하고 경제 사정도 좋지 않을 때는 명절 귀성도 부담스럽다. 더군다나 피곤에 지친 아내에게 그건 또 다른 노동의 시작이기도 했다. 그래서 추석에 고향에 안 가기로 했다. 아이들은 긴 자동차 여행을 안 하고 집에서 컴퓨터 앞에서 놀게 되어 좋고 장인과 처남이 세상을 등진 아내는 친정을 잃어버린 슬픔을 조금 덜 느끼지 않을까 싶었다.

명절에 남겨진 도시는 쓸쓸해서 마치 폐허 같다. 난 그 폐허에 내 공간을 만들고 내가 고향이라고 선언했다. 나이 들면 사는 곳이 고향이다. 그건 고향도 타향도 별 다르게 보이지 않는다는 의미도 되겠다. 아이들에게도 제 부모가 고향일 것이다.

모든 잘못을 남의 탓이라고 핑계를 대며 빠져나가는 시기는 지났다. 이젠 내가 탓을 하던 어른들의 나이를 먹어버린 것이다. 이젠 책임을 져야 한다. 내가 고향에 가지 못하면 이제부터는 내가 고향이라고 선언해야 한다. 정직하게 말하자면 아내와 아이들에게 약한 모습을 보여주지 않으려고 마치 큰 의무를 덜어주기라도 한 양, 큰소리를 치기도 했다.

메밀 전병

강원도 정선 오일장에 가면

함백산 주목처럼 비틀어진 할머니들이

부침개를 파는 골목이 있지

가소로운 세월이 번들거리는 불판에

알량한 행운처럼 얇은 메밀 전을 부치고

설움을 잘게 다진 묵은지로

전병을 만들지

참 못생기고

퉁명스러운 서방이

대낮에 이불 둘둘 말고 자빠진 모양

한 입 씹으면

시금털털한 사는 맛을 느끼지

함석지붕을 때리는 소낙비를 들으며

옥수수막걸리를 마시던 친구들은

하나둘 사라지고

뒤통수만 보여주며 달아나던 처녀들도

간 곳 없는데

이 땅의 하늘을 떠받친 태백산맥 아래

아라리 흐르는 강 사이로

메밀 전병 부치는 할머니들은

고소한 기름 냄새 풍기며

아직 그 자리에 있지

전국의 수많은 재래시장 중 정선의 오일장이 많이 알려졌다. 2일과 7일이 장날인데 그때는 전국에서 장을 보러 사람들이 온다. 정선아리랑을 공연하는 기차까지 생겼으니 명실상부한 대표 시장이다.

정선 장에서는 산나물을 살 수 있다. 고산지대인지라 다른 곳에서는 보기 힘든 나물들도 많이 나온다. 특히 메밀로 만든 음식들이 많은데 정선처럼 척박한 산지에서도 농사지을 수 있는 작물이기 때문이다. 메밀 전병은 몇 개만 먹어도 든든해서 인기가 좋다. 이웃 동네인 영월에서는 택배를 이용해 전국으로 장사하는 전 집도 많지만 어느 정도 도회지 맛에 맞춘 터이고 정선의 전병 속은 맵고 짠 시골의 맛을 그대로 지니고 있다.

장터에서 부지런히 장사하는 할머니들은 과부이거나 남편이 신통치 않다. 그녀들의 성실함은 부양할 가족에게서 나온다. 할머니의 레시피에는 푹 삭아서 깊은 맛을 내는 인생의 한숨이 빠져서는 안 된다. 저 처진 잔등으로 정선아리랑을 부르고 정선을 지탱하고 있는 것이다.

아버님 전상서

아버님
전상서
.
.
.

아버님 전상서

아버님 전상서

아버님 전상서

난산 끝에 얻은 아들이 보채

밤마다 안고 긴 여행을 합니다

기저귀들이 하얗게 빛나는 길을 따라

하염없이 걷다보면

문득 거울에 비치는 제 등이

당신을 닮았습니다

산고에 지친 아내는 새우잠을 자고

종일 설사한 아이는 마른 입술로 웁니다

당신이 묻힌 파도가 달려옵니다

배들이 모두 묶여 있는 부두를 지나서

방파제 끝까지 걸어가보아도

등대는 보이지 않습니다

아직 절 용서하지 않으셨나요

안개 속에 아이는 잠들고

전 터벅터벅 돌아갑니다

젖은 발로 아내의 머리맡을 밟으면

긴 무적이 들려옵니다

아버지는 내가 대학을 마치기도 전에 돌아가셨다. 아버지는 나를 쉰에 얻었다. 위로 형 다섯과 누나 넷이 있었으니, 말하지 않아도 귀한 자식은 아니었다. 그런 자식의 뒤치다꺼리를 말년까지 해야 했으니 몹시 성가셨을 것이다. 아내는 다행히 아버지가 돌아가시기 전에 인사를 했다. 사귀기 전에 고향집으로 놀러온 적이 있었고, 나중에는 정식으로 사귀는 여자 친구라고 암으로 투병 중이던 병원으로 와서 인사를 했다.

솔직히 말하자면 난 갑작스럽게 돌아가신 아버지가 미웠다. 그건 내가 아버지를 믿고 홀로서기를 소홀히 한 때문이었다. 아버지 덕에 학교에 낼 돈을 못 내본 적이 없었고 고향에서는 어디 가서도 무시당하지 않고 살아왔던 것이다. 문학을 하겠다고 이과가 아닌 문과를 간다 했을 때도 허락해주었고 역사를 전공하겠다고 했을 때도 반대하지 않았다. 그래서 아버지만 있으면 취직이나 결혼도 문제없을 거라 생각하고 내 맘대로 살았다. 하지만 아버지는 돌아가셨고 유산의 대부분은 계모가 차지했다. 그때부터 내 고생길이 열렸기 때문에 난 엄한 아버지만 미워했다. 그런 나를 아마 아버지도 섭섭해했을 것이다. 나름 막내라고 다른 자식들보다 귀여워하며 키웠는데.

　나중에 아들을 낳고 그 아들이 자주 아파 병원을 들락거리면서 아버지의 마음을 이해하게 되었다. 할 수만 있었다면 아버지는 날 위해 백 살까지도 살았을 것이다. 늦둥이인 난 조부모를 보지 못했다. 우리 아이들도 조부모를 보지 못했다. 그래도 외조부모는 볼 수 있었고 지금도 장모님이 살림을 해주는 덕을 보며 크고 있다. 이래저래 아내에게 빚을 지는 기분이다.